KB153879

마장역에 가면 우나가 있다

마장역에 가면 우나가 있다

박성선 소설집

도화

차 례

작가의 말

등단한 지 10년이 넘어서야 소설집을 내게 되었습니다.

많은 가르침을 주신 한상윤 선생님 그리고 힘쓰고 애써 주신 김성달 선생님 감사드립니다.

평소 저처럼 평범한 사람들의 평범하고 따뜻한 이야기가 쓰고 싶었습니다.

그러나 누군가 그렇게 말했다고 합니다.

인생의 허황된 껍질은 눈에 보여도 숨겨진 샘물은 헤아릴 수 없다.

다시 다짐합니다. 글쓰는 것을 사랑하겠습니다.

많은 갈등과 시련 속에서도 푸른 하늘을 보며 웃을 수 있는 여유로서 더욱 사랑하겠습니다.

다시 한번 모든 분들께 마음 모아 감사드립니다.

울음소리

약속된 시간까지는 아직 여유가 있다. 그는 똑바로 걸어 골목 모퉁이를 돈다. 초원여관이라든가 만남단란주점 싱싱횟집 등 간판들이 즐비하게 시야에 들어온다. 그 중 약속된 집 간판이 눈에 띄었을 때 시계를 들여다본다. 습관처럼. 아직 이른 줄 알면서도.

그곳까지 걸어가는 시간이 오늘따라 긴 것 같다. 수없이 오가던 골목이 문득 생소하게 느껴진다. 아무도 반기지도 기다리지도 않는 것은 삭막하다. 문을 열고 들어서자 영업 준비를 하고 있던 남자종업원이 별로 반갑지 않은 표정으로 맞는다. 의자들은 테이블 위에 쌓여있다. 그의 눈길은 언제나 유일하게 자신을 맞아주듯 느껴지는 카운터의 '어서 오십시오'라고 적혀있는 글자에 머문다. 처음 이 집에 걸음을 시작했을 때는 짙은 초콜릿 빛 바탕에 밝은 베이지색 글자들이 선명하고 산뜻했었다. 지금 그의 눈에 비친 글자들은 때에 찌들어 주눅 들어 보인다.

"저… 아직 안 오셨는데요."

나더러 어쩌라고? 도로 가라고? 그가 대꾸 없이 바라보자 종업원은 낑낑거리며 의자를 내리고 테이블 하나를 치우더니 비로소 싱긋 웃는다.

"앉으세요."

제 딴에는 친절하려고 애쓰는 것 같다. 그는 앉는다. 어차피 조금 이르다. 가방에서 장부를 꺼내 들고 밀린 액수를 계산한다. 오늘은 틀림없겠지. 오늘만큼은 약속을 지켜주겠지. 시계를 또 들여다본다.

"야! 사장 왔다가 나간 건 아니지?"

"아닌데, 오실 때 됐어요."

종업원은 일손을 놓고 그의 눈치를 흘끔거리다가 입가에 미소를 떠올리며 흡사 TV 드라마의 간신 같은 목소리를 낸다.

"차 한잔 드릴깝쇼?"

장부를 들여다보며 계산에 여념이 없던 그의 딱딱한 얼굴에 싱거운 웃음이 떠오른다. 종업원은 커피에 얼음까지 넣어 그에게 건넨다. 위로도 곁들인다.

"요즘 너무 덥지요? 일도 잘 안 풀리고."

"그래 더워서 죽겠다. 그래도 돈만 잘 들어오면 까짓 더위쯤 아무것도 아닌데."

"알부자라고 소문났던데, 돈 돈 하세요? 돈 많은 분이 더해."

종업원의 입가에 미소가 떠오르다가 만다. 그도 무어라 대꾸하려다 만다. 너의 사장이나 빨리 오라 그래! 하려다 말고 그는 커피를 마신다. 아무튼 기다리기로 하자. 오늘은 세상없어도 건너뛸 수 없어! 다시 장부로 눈을 옮긴다. 장부를 들여다볼 때에야 그는 살맛이 난다. 다소 골치 아픈 신용불량자도 있지만 그러나 대부분 착실한 거래를 하고 있다.

아버지가 하던 일을 물려받아 운영하는 그는 누가 뭐래도 아버지보다 뛰어난 고리대금업자다.

그런 그도 아버지의 직업이 싫고 부끄러울 때가 있었다. 제발 그만두시라고 반항하다가 가출도 감행했었다. 적어도 고교시절까지는 청렴결백한 청소년이며 모범생이었다. 그런 그가 웬만한 대학을 웬만한 성적으로 졸업했는데 취업의 문턱이 너무 높았다. 집에서 그럭저럭 소일하면서 아버지의 심부름을 하다 보니 어느새 그는 아버지의 일을 배우고 있었다. 돈에 대한 가치관도 서서히 달라졌다. 그러다가 그를 완전히 변모시킨 사건이 터졌다. 꽤 많은 액수의 대금을 당겨 쓴 채무자가 증발해 버린 것이다. 돈만 떼였으면 그래도 괜찮은데 아버지가 쓰러졌다. 아버지는 중환자실에서 채무자 이름을 부르며 부르르 떨다가 운명하고 말았다. 아버지의 그런 마지막을 지켜보며 자신은 절대로 돈을 떼이지 않으리라 그는 결심했다. 삼복더위에도 찬바람이 쌩쌩 도는 표정으로 칼날같이 업무를 관리하는 그다.

“사장님 오세요.”

종업원이 반색을 하며 주인을 맞이한다. 그도 입가에 미소를 짓는다. 계산적인….

“아휴 손 사장님 많이 기다렸죠?”

주인 여자는 짙은 빨강의 입술로 화사하게 웃는다. ‘뭐 별로…’ 친절하게 인사를 차려야 하지만 그는 입가에 올린 미소마저 거둔다. 이럴 때에 너무 친절하면 안 돼. 적당해야지! 그의 사업 방침이다. 지금은 약속을 제대로 지키지 못해 많이 밀린 빚을 받아내야 할 순간이다.

“날씨가 어지간해야지 뭐, 시원한 것 좀 드렸어?”

그의 앞에 놓인 찻잔에 아직 얼음이 그냥 있건만 그녀는 호들갑이다. 예감이 좋지 않다. 너무 기고 들어오면 약점이 있는 건데. 설마 약속을 못 지키는 건 아니겠지. 여인이 가방을 열고 지갑을 꺼낸다.

“미안해요, 자꾸 밀려서.”

‘뭐 사정 따라 그럴 수도 있지만 약속이 자꾸 거짓말이 되면 곤란하지.’

냉정한 것도 친절한 것도 아닌 어중간한 표정으로 그는 여인이 테이블 위에 꺼내 놓는 지폐의 액수를 어림한다.

“약속한 금액이에요. 확인해 보세요.”

여인의 눈길이 조금 새침해지며 돈을 밀어낸다. 그가 조금 웃는다. 민첩하게 금액을 확인하며 비로소 아첨하듯 천천히 한마디 한다. 지금 이 순간은 VIP 고객이다. 언제 또 신용 불량자가 될지 몰라도.

“요즘 자꾸 예뻐지시네.”

“소이한테 가서 돈이나 받으세요.”

여인이 슬쩍 쏜다. 순간 아주 잠깐 그의 얼굴이 흐려진다. 소이는 다음 골목에 있는 주점 이름. 아무 소리 없이 문을 닫은 것이 벌써… 게다가 연락도 두절이다. 그는 천천히 장부에 무언가 적고 태연한 얼굴로 여인에게 웃어준다. 냉담한 그도 웃으면 제법 잘생긴 것 같다.

“손 사장님 같은 분도 실수할 때가 다 있고…”

실수? 그는 여인에게 가볍게 고개를 흔들어 보인다.

“뭘 아냐? 소이 고게 손 사장께 꼬리친 거 난 다 아는데, 내 눈은 못 속여요. 어때요? 내 말 맞죠? 돈 얼마나 뜯겼어?”

그는 다시 한번 친절한 미소를 여인에게 하사하고 손을 가볍게 흔들어 주고는 일어난다. 말쑥한 얼굴로 그 집을 나왔지만 그의 머릿속에는 천둥이 치고 소나기가 쏟아진다. 나쁜 년!

아버지가 병원에 계실 때 옆 침대에 노모를 간병하던 앳된 소녀가 있었다. 그랬다. 분명 그의 눈에 그녀는 소녀였다.

병실 보호자들은 잠자리도 먹는 것도 어설프다. 그녀는 먹을 것도 챙겨주고 밤에는 어디서 났는지 모포도 덮어주었다. 이따금 그의 부자에게 자상한 손길을 베풀던 그녀는 아버지가 돌아갔을 때 그의 곁에서 서러운 울음을 쏟아냈다. 자신의 아버지 돌아갔을 때가 생각난다며. 혈혈단신 그와 같이 울어 준 그녀를 이 골목에서 다시 만난 건 분명 우연 이상의 인연 아니었을까? 그녀는 짙은 화장에 진한 매니큐어로 손톱을 칠한 바의 호스티스로 변모해 있었다. 어쨌든 서로 무심할 수 없던 그들은 대화를 가지게 되었다. 소녀인 줄로만 알았던 그녀는 아이가 하나 딸린 과부라고 했다. 겨우 스물 몇 살에. 노모는 친정어머니가 아니고 시어머니였으며 그나마 돌아가 천지에 모녀 둘만 남았다고 했다. 직업 때문에 친척 언니 집에 어린 딸을 맡겨 놓고 있다고 말할 때는 눈물을 줄줄 흘렸다. 아버지가 돌아갔을 때 울어 주었던 탓일까, 그녀가 제법 예쁜 얼굴을 한 젊은 여자였기 때문일까, 그녀의 말을 들으며 가슴 속에 실종되었던 인정이라는 것이 꿈틀거렸다. 그들이 공공연히 그렇고 그런 사이로서 골목에 소문날 때쯤 그녀가 호스티스로 근무하던 업소가 문을 닫게 되었다. 그는 업소를 인수해 그녀를 사장을 만들어 주었다. 그랬는데 그녀가 어느 날 사라졌다. 전화 한 통 받더니 지갑 하나 달랑 들고 미친 듯이 뛰쳐나갔다고 했다. 그런가 보다 했다. 급하고 안타까운 사정이 생겼거니… 그런데 그녀는 돌아오지 않고 있다. 가게는 닫혔고 숙소로 머물던 하숙집에는 남긴 것이 아무것도 없다. 혹시 돌아올까 하고 매일 기다렸지만 이제는 기다리지 않는다. 그녀는 그가 처음으로 정을 준 여인이었다.

아! 오다가다 만난 남녀의 사이란 이런 거구나! 이렇게 등 돌리고 돌아서면 그것으로 끝이구나. 자신의 품에 안겨 팔을 베고 수없이 사랑했고, 피 같은 돈을 주었어도 아무것도 아니구나. 그녀의 속삭임이, 웃음소리가, 입김이 언제나 귓가에 머무는 듯하건만… 허무했다. 그녀의 인적사항이라던가, 평소 말하던 친척집과 딸을 수소문하면 그마저도 거짓일 것 같다. 막상 거짓이 확인된다면 어떻게 할까? 그는 끝없이 생각하고 있는 중이다.

대한민국에 사는 한, 그가 찾고자 한다면 그녀를 찾을 수 있을 것이다. 그러나 찾으면 어떻게 할 것인가? 막상 찾았을 때 그녀에게 정당한 이유가 없다면 도저히 참을 수 없는 분노를 느끼지 않을까? 배신한 여자를 응징한 여러 사례를 알고 있다. 그는 두렵다. 자신이 어떤 짓을 할지 모르기 때문에. 그렇다고 마냥 이렇게 손 놓고 있어도 될까?

요즘 들어 자주 흉몽을 꾼다. 언제나 꿈속에서 그는 칼이 아니면 도끼를 휘두른다. 무술 영화의 한 장면처럼. 그리고는 겁에 질린 그녀의 얼굴을 향해 한발 한발 다가가며 잔인하게 웃는다. 스스로도 놀랄 만큼 소름 끼치는 소리로. 그리고는 희한하게도 결정적 순간에 잠을 깬다. 잠에서 깨면 땀을 흥건히 흘린 자신을 발견한다. 그런 자신이 한심하게 느껴져 '꿈꾸기도 어지간히 힘든 모양이지' 하고 자신에게 내뱉는다.

중학교 땐가 생물시간에 개구리 해부 실습을 했다. 여자애들은 어떻게 하는지 몰라 재잘대기만 하며 칼을 대지 못했다. 반장 대식이는 태연히 개구리 배를 갈랐다. 그리고 내장을 들여다보며 이게 심장이고 이게 허파야, 라고 설명까지 했다. 어떤 여자애는 질려서 얼굴이 하얘졌고 어떤 애는 울었다. 머뭇거리는 애도 있었지만 그 와중에 싱글거리며 웃는 애도 있다. 그는 대식이가 하는 양이 멋있어 보여 자신도 개구리 배에 칼을 댔다. 힘주어 배를 가르는 순간 눈앞이 아찔해 칼을 놓칠 뻔했다. 이를 악물었다. 그리고 애써 침착하게 나머지 순서를 진행했다 그러면서 자신에게 놀랐다. 내가 이렇게 잔인한 면도 있구나. 그 순간을 아직도 꿈꿀 때가 있다. 어쩐지 그녀는 생글거리던 여자아이 같고 자신은 울던 아이 같다는 느낌이 가슴을 먹먹하게 한다.

오늘처럼 그녀에 관한 말을 노골적으로 비치는 여자들이 요즘 들어 몇 있다. 처음에는 아무도 말을 하지 않았다. 시간이 지나며 뻔한 사랑놀음, 그것도 돈을 탐낸 여자에게 농락당한 어리석은 남자라는 흔하디흔한 스토리가 자연스럽게 엮어지자 그녀들은 속 들여다보이는 소리를 슬쩍슬쩍 해댄다. 시기해서 하는 말인 줄을 알지만 그러나 어떤 말도 그는 아프다. 질투하는 건가? 아니다. 단지 돈 때문이다. 나에게도 기회를 줘 너의 돈을 가질 수 있는. 눈을 빛내고 입을 비쭉거리며. 그럴 때마다 그는 마음 깊은 곳에 숨겨진 불꽃을 느낀다. 원망, 미움, 그리고 흉포한 충동… 시간이 지나면 이 모든 것이 옛일이 되고 아무 일도 없었던 것처럼 될까? 더운 날 예쁜 미소로 꿀물에 얼음을 타주며 힘들죠? 하던 목소리, 그를 바라보던 그 눈빛, 스스럼없이 그의 팔을 베고 눕던 가녀린 어깨. 그것은 사랑이었을까? 진심이었을까? 아니면 호스티스에 불과한 여인을 사장으로 만들어준 물질에 대한 보답이었을까? 사실 그녀가 실종되기 직전 그녀를 위해 진주반지를 사서 안주머니 깊이 간직하고 있었다. 그녀가 사라지기 삼 일 전쯤, 벼르고 벼르다가 귀금속을 하는 거래처에서 그것을 샀다. 그리고 적당한 기회가 오기를 기다리고 있었다. 청혼할 결심이었다. 자신은 총각이고 그녀는 애 엄마라지만 상관없었다. 청혼하면 그녀는 너무 기뻐 눈물을 흘리리라, 그다음은 그녀를 꼭 안아 줄 작정이었다.

생각에 잠긴 그가 '소이' 옆 줄리엣의 문을 밀고 들어선다.

"어맛!"

느닷없는 비명소리. 그는 얼른 몸을 돌린다. 주인 남자가 여인의 윗도리 속으로 손을 넣고 있는 현장. 종종 경험하는 일이다. 대낮에 출입구를 잠그지 않고 애정행위를… 젠장! 오늘 내가 조금 이르긴 해. 그는 스스로를 나무란다. 어떻게 하지? 어디 가서 시간을 좀 보내고 올까? 멍하니 그는 생각한다. 누군가 어깨를 친다.

"손 사장? 우리 집에 오는 거야?"

"아! 진 사장님!"

아버지 때부터 거래해 오는 짜장면집 진 사장이 사람 좋은 얼굴로 오늘은 일찍 도네 하면서 손을 잡는다. 그는 이 거리에서 유일하게 믿음이 가는 존재이다. 돌아가신 아버지를 큰 형님으로 깍듯이 예우했던 사람이다.

"더운데 이리 와 시원한 것 좀 먹지."

진 사장은 그를 잡아 이끈다. 잠시 시간을 보낼 생각을 한 터라 주춤거리며 따른다. 동해춘이란 큰 간판 아래로 들어서며 그는 손님 오신다! 라고 외친다. 종업원들이 테이블을 차지하고 앉았다가 재빨리 각자 맡은 자리로 이동한다. 앉으라며 진 사장이 의자 하나를 빼 준다. 그는 걸터앉는다. 종업원 아이 하나가 물컵을 그의 탁자에 가져다 놓는다.

으, 으, 으, 으… 어디선가 여자의 울음소리인지 신음소리 같은 것이 들려온다. 의아한 그가 소리에 귀를 기울이자 진 사장이 비시시 웃는 표정이다. 어떻게 보면 이지러진 것 같이 보인다. 사람 좋은 그는 무슨 말을 할 때 웃기부터 한다.

"우리 집 일하는 앤데 아버지가 돌아가셨다고 연락이 왔어. 몇 년 누워계셨다는데 저렇게 우네."

아버지가 돌아가셨다고? 그럼 어서 가야지 여기서 울면 어떻게 하나?

"애가 너무 울어서 혼자 못 보내겠어. 제 사촌이 온다기에 기다리는 건데 그사이에도 저렇게 자꾸 우네."

진 사장이 그러면서 그의 손을 잡아 준다. 예전 아버지가 돌아갔을 때 생각이 난다. 그의 얼굴에 그늘이 진다. 천지에 지독한 고리대금업자의 죽음을 슬퍼할 사람이라곤 아들인 자신 하나뿐이었다. 친척들이라고 오긴 했어도 눈물은커녕 맨송맨송한 얼굴로 기껏 인사말이 '돈만 생각하지 말고 몸 관리도 좀 하지' 하는 게 고작이었다. 그렇게도 할 말이 없을까? 마음의 아픔을 지그시 견디는 그의 곁에, 그녀가 자신의 시모를 놔두고 수시로 쫓아와 눈이 붓도록 울어 주었다. 지금도 생각난다.

"우리 아버지도 흑흑… 외롭게 돌아가셨어요. 흑흑… 아무도 없었어요! 아무도 엉엉! 어린 너를 두고 어떻게 죽니, 어떻게 죽니 그러면서 눈을 감으셨어요."

상제보다 곡쟁이가 서럽다고 오히려 자신보다 더 흐느껴 우는 그녀가 고마웠다면? 그러나 사실이었다. 외로운 그에게 진실로 위로가 된 그녀였다. 같은 병실이라는 공간에서 잠깐이지만 서로 돕고 살았기 때문이었을까.

아버지의 장례를 모신 얼마 후 그녀가 고마워 인사차 병원으로 찾아갔었다. 그런데 그사이 그녀의 시모도 돌아갔고, 그녀의 행방은 알 길이 없었다. 부음을 접했다면 당연히 문상을 했을 것이다. 그러나 알지 못한 사이 일이었다. 미안하기도 하고 아쉽기도 했던 인연이 그것으로 끝났으면 차라리 좋았으련만. 그녀를 이 골목에서 다시 만났을 때, 골목 안이 환해지던 느낌은 오늘을 예고하고 있었다. 그리고…

"뭘 그렇게 생각해?"

진 사장이 일깨운다. 이제 일어서서 한축 돌아야지. 그는 일어선다. 아저씨 고마워요, 잘 쉬었다 가요. 진 사장이 애써 농담을 한다. 자네도 이제 장가가야지? 내가 중매 설까? 그러는데 안에서 또 울음을 쏟아낸다. 그는 얼른 동해춘을 나온다. 어느새 거리는 어둑어둑해지고 있다. 여기저기 물들어가는 네온이 그의 눈을 어지럽힌다. 울어라. 가는 인생에게 해줄 거라고는 그것밖에 더 있냐? 그렇게 서러운 걸 보니 아픈 사연도 많은 게구나. 하지만 너만 서럽다고 생각하지 마라. 인생은 다 그렇단다. 두서없는 푸념을 마음속으로 보내며 걸음을 내딛는 그의 발길이 불 꺼진 소이 앞에서 잠깐 멈춘다. 그러다가 다시 걷는다. 그의 뇌리 속에 세상없어도 업무는 칼같이! 라는 좌우명이 떠올랐기 때문이다. 휘적휘적 걸으면서 그는 차질 없이 일을 해냈다. 마지막 집까지 끝내고 자신의 사무실에 돌아온 그는 다른 지역을 돌고 온 직원의 보고를 점검한다. 마침내 하루 일과가 끝났을 때 그의 머릿속에 이제 매듭을 지어야지, 하는 생각이 떠올랐다. 왜냐하면 오늘은 그녀가 사라지고 꼭 6개월이 되는 날이자, 예정대로라면 오늘은 그들의 결혼식 날이었기 때문이다.

마음만 먹으면 그녀가 지금 어디서 무엇을 하는지 당장 알아낼 수 있다. 뿐만 아니라 그녀에게 어떤 보복이든 할 수도 있다. 그러나 그렇게 하지 않은 것은 돌아와 줄지도 모른다는 희망을 버릴 수가 없어서이다. 돌아와서 비명을 지르며 지갑 하나 달랑 들고 왜 뛰쳐나갔는가를, 그의 품에 안겨 그의 팔을 베고 설명해 주리라는 믿음 때문이었다. 그러나 더 이상 희망을 가지는 것은 무의미하다는 결론이 그의 머릿속에 자리 잡았다. 그 생각은 6개월의 시간을 두고 조금씩 자랐다. 그리고 불발된 결혼식 날짜가 가까워져 올수록 확고해졌다. 이제는 결말을 내야 한다. 그는 서랍을 열었다. 그녀의 이름으로 소이를 계약할 때 건물주와 쓴 계약서며 건물 전세 설정 서류 등을 넣어 둔 봉투를 꺼낸다. 거기에 그녀의 주민등록번호와 주민등록증 사본 등이 들었다. 잠시 후 그는 사무실을 나온다. 생각에 잠긴 채 천천히 자신의 승용차가 있는 주차장으로 향한다. 주차장에 이르자 잠시 망설였으나 이윽고 차에 오른다. 이미 그의 눈동자에는 어떤 결심의 불꽃이 보인다. 시동을 걸고 액셀러레이터를 밟는다. 차가

출발한다. 이 모든 행동을 차분히 해나가는 그의 마음속에 천둥이 친다. 생각 속에서 그동안 백 번은 찾아갔을 곳. 이윽고 그의 차가 어둠 속으로 사라진다.

산꼭대기 달동네 아래에 차를 세운 그는 주소를 더듬어 찾아간다. 동네 구멍가게에서 주소를 묻자 아! 초상집을 찾으시는군요, 요 위로 조금만 가면 돼요. 구멍가게 주인이 친절히 가리켜 준다. 초상이 났다고? 누가 돌아가셨습니까? 아니 누가 돌아가신 것도 모르고 오셨어요? 남편이 죽었답니다. 남편? 남편이라고? 그의 가슴이 철렁 내려앉는다. 아무것도 모르는 구멍가게 주인은 자상하게 설명한다.

"오랫동안 중풍으로 고생했는데, 글쎄 그 몸으로 여자 일하는데 찾아간다고 나섰다가 뺑소니 사고를 당했지 뭡니까. 그게 그러니까, 벌써 여섯 달 전인가. 고생 고생하다 이제야 갔지요."

초상 난 집에는 옛날처럼 등이 달렸다. 사람들이 드나든다. 문상객들이 말을 주고받는다. 요즘은 다 병원 영안실에서 일을 치르는데 이 동네는 아직도 옛날 방식대로 하나베. 말도 마. 영안실 갈 돈이 어딨어? 돈이 없어서 그동안 젊은 마누라가 벌어 먹고살았는데. 쯧쯧 늙었어도 서방은 서방인가베, 우는 것 보니. 하긴 자식 같이 낳고 살았으니까. 서방 좋아하네. 말이 좋아 서방이지 전처와 같이 키우던 계집애를 데리고 산 건데. 그게 무슨 소리여? 설마? 근친상간은 아니겠지? 그건 아녀 전처가 애를 못 낳아서 얻어다 길렀으니까. 왜 전처가 병들어 죽은 거 꺼정은 알잖어? 그랬는데 글쎄 키우던 계집애와 애 낳고 그러고 살더라구. 차마 더 들을 수가 없다. 기구하기도 하지.

안에서 울음소리가 새어 나온다. 그 소리. 듣는 이의 가슴을 치는 그 울음은 분명 귀에 익은 그녀의 울음소리이다. 저토록 서러운 저 울음의 정체는 무엇일까? 그의 마음 깊이 남아 두고두고 고마운 생각이 들게 했던 저 울음소리는 저 여인의 살아가는 방법인가? 그럼에도 불구하고 울음소리를 듣는 지금 그의 가슴 깊은 곳에서 아픔 같고 슬픔도 같은 것이 고인다. 거짓 울음은 남의 마음을 울릴 수가 없다. 그토록 기구한 삶을 살았다면 그렇다면, 그녀의 애절한 울음은 죽은 자에 대한 애도가 아니라 자신의 인생에 대한 애도는 아닐까. 멍하니 울음소리를 들으며 서있던 그는 슬그머니 돌아선다.

아주 예전 청소년기에 가출한 그는 주머니를 톡톡 털어 연기학원에 갔었다. 모범생이던 그도 화려한 연예계는 동경의 대상이었고, 특히 연기분야는 은근히 자신 있었다. 정확한 발음과 목소리 그리고 자연스러운 연기는 유명 연출자들에게서도 칭찬을 받았다. 그러나 눈물 연기에 그는 손을 들었다. 같은 동기생 중에는 남자이면서도 눈물을 마음대로 조종하는 친구들이 있었다. 그리고 기억에 남는 여자 동기생도. 그녀는 지금 유명 연기인이다. 그녀는 눈물을 줄줄 흘려 수도꼭지라는 별명으로 통했다. 이름은 잊어버렸지만 별명은 기억한다. 그 수도꼭지가 지금 문득 생각나는 이유는 무엇일까.

삼우제까지 끝났을 즈음 그는 그녀를 찾아갔다. 얼마나 울었던지 아직까지도 퉁퉁 부은 얼굴을 하고 있다. 무엇보다 그를 보고도 놀라지 않는다. 오히려 놀랬죠? 한다. 뭘? 그러나 그 소리는 입속에 머문다. 그녀가 말한다. 그가 듣든 말든. 열두 살에 아빠가 돌아가셨어요. 지금도 생각나요. 널 두고 어떻게 죽니? 하시던 아빠가요. 그의 아버지도 평소에 그렇게 말했었다. 남다 있는 어미도 없는 널 혼자 두고 난 못 죽는다.

그녀의 목소리가 또렷이 그의 귀에 들어온다.

"남편은 아빠 친구였어요. 양녀로 날 데려왔지만 양 엄마가 돌아가니까 날 데리고 잤어요. 그게 열다섯 살 때부터였어요. 너무 싫어서 몇 번이나 집을 나가고 도망쳤지만 소용없었어요. 열아홉 살에 우리 아진이 낳고 이게 내 팔자인가 하고 모든 걸 체념했는데 천벌을 받았는지 남편이 풍을 맞더라고요. 이번에는 어쩔 수 없이 벌이를 해야 했지요. 비슷한 시기에 풍을 맞은 시어머니를 병원에 입원시킨 시외삼촌이 시어머니를 잘 돌보아 주면 생활비를 주겠다고 해서 나름대로 열심히 했는데 약속을 지키지 않았어요. 그래서 '애마'에 갔던 거예요."

애마는 소이의 먼저 간판이다.

"거기서 자길 다시 만나고 생전 처음 꿈같은 행복을 맛보았어요. 이게 꿈이 아닐까, 꿈이라면 얼마나 갈까? 한편으론 조마조마하기도 했지만 매일 그런 생각을 하면서 보냈어요. 그때를 생각하면 정말 죽어도 여한이 없어요."

그녀의 눈에 눈물이 흘러내린다.

"그래도 자기를 속이는 것이 싫어서 언제고 기회가 되면 모든 걸 말하려고 했어요. 그런데 기회가 없었어요. 어느 날 갑자기 남편이 뺑소니차에 당해 중태라는 전화를 받고 미친 듯이 뛰어나올 땐 아무 생각도 할 수 없었구요. 막상 남편이 이렇게 떠나니까 인생이… 너무 불쌍해서 흑흑… 한번도 미워하지 않은 적이 없는데 아마 잘못 알았나 봐요. 이렇게 마음이 아픈 걸 보니. 난 남편을 미워한 것이 아닌 모양이에요."

다시 눈물을 주르륵 흘리던 그녀는 그에게 갑자기 고개를 숙인다.

"감사합니다."

그는 당황한다.

"감사하다는 인사도 못 하게 될까 봐… 많이 애태웠어요."

다시 눈물이 그녀의 뺨을 적신다.

"철이 들면서 나 같은 건 차라리 생겨나지 말았으면 하고 늘 생각했어요. 그런 나에게 자기는 꿈속의 사람 같았어요."

아까 했던 말을 다시 되풀이한다. 마치 녹음테이프 같다. 애처롭다. 헉헉 느끼며 간신히 말을 잇는다.

“사람 같지도 않은 나에게도 이런 날이 있구나. 꿈이라면 영원히 깨지 않았으면…”

또 무언가 말하려다 입을 다문다. 지친 모양인지 그녀는 더 말을 하지 못한다. 그는 아무 말 않고 그녀의 손을 잡는다. 그녀가 기대온다. 그녀를 품에 안는다. 그녀는 저항하지 않는다. 그는 품속에 넣어두었던 진주반지를 꺼낸다. 그녀의 손에 그것을 쥐여준다. 손에 만져지는 또 하나의 감촉은 부정한다. 그것은 그의 기대를 밟는 만일을 대비한, 업무는 칼같이! 라는 그의 좌우명이 준비한 것이다. 그녀가 맥없이 스르르 쓰러진다. 그는 천천히 그녀를 눕힌다.

사랑니

새들의 노랫소리가 오늘따라 요란하다. 눈을 뜨자마자 침대에서 벌떡 일어난다. 거울에 비치는 자신을 바라본다. 엉뚱하게 내 얼굴 위에 겹쳐 은혜 얼굴이 보인다. 은혜!

불과 일주일쯤 전만 해도 난 은혜와 결혼하려고 작정했었다. 그 결심에 변동이 생길 줄은 정말 꿈에도 몰랐다. 줄곧 날카로운 무엇에 가슴을 찔린 것 같은 아픔이 나를 따라다닌다.

“왜 성현진이라고 아주 이쁜 애 있잖니? 그 애 몰라? 얼마 전에 미국 유학에서 돌아온 애 말야! 아유 이 바보 같은 녀석아 걔한테 잘해! 아버지끼린 벌써 말이 다 되어있는 애야.”

교회 청년부에 성현진이란 애와 잘 해보라고 어머니의 엄명이 내려졌다. 나는…

은혜랑 나는 초등학교 동창이다. 지금도 나는 은혜를 처음 만났을 때를 기억하고 있다. 노란 빛깔 점퍼에 머리는 두 갈래로 묶어서 리본을 했는데 마치 나비를 연상케 했다. 많은 아이들 중에 왜 은혜가 눈에 뜨였을까? 그후로도 은혜는 예쁜 옷만 입고 다녔다. 은혜만 보면 이상하게 가슴이 두근거렸다. 어느 날 내 마음을 숨기지 않고 옆에 친구에게 슬쩍 말한 것이 그만 소동이 나고 말았다.

"쟤 예쁘지?"

친구는 은혜를 쳐다보더니 입가에 묘한 웃음을 떠올렸다.

"안준서가 이은혜 좋아한대!"

걔가 느닷없이 큰소리로 외쳤다. 나는 적잖이 당황했다.

"내가 언제?"

반 애들이 왁자하게 웃고 놀리고 난리였다. 어색하게 지나간 그날 이후 은혜는 나를 쳐다보지도 않았다. 영 언짢은 기억이다. 그때가 초등학교 오학년쯤 되었을 때일 거다. 초등학교를 졸업하고도 어떤 인연인지 몰라도 은혜랑 나는 자주 마주쳤다. 중학교 고등학교 내내 서로 모른척했지만. 은혜는 언제나 쌀쌀맞았다. 나는 은혜의 모습이 저만치 보일 때부터 가슴이 마구 뛴다. 그리고 정신까지 아찔해진다. 은혜가 가까이 오면 침착하려 애를 쓴다. 막상 은혜는 새침한 표정으로 찬바람을 일으키며 쌩하고 지나간다. 그 순간은 너무 짧다. 몇 번이나 그랬을까? 열

번? 스무 번?

은혜와 우연히 상봉하는 일은 언제나 내 맘을 들쑤셨다. 나는 나를 나무랐다.

'야! 넌 왜 그렇게 용기가 없니? 그까짓 여자 동창 뭐가 어려워서 말 한마디 못 붙이는 거야? 자연스럽게 말을 건넬 수도 있잖아! 남자가 그렇게 용해빠져서 어따 쓰냐?'

용해빠진 것이 정확하게 무슨 뜻인지 어릴 땐 몰랐다. 다만 아버지가 날 보고 늘 하는 말씀이기 때문에 은혜를 어려워하는 나를 스스로 나무라며 그 말을 떠올리곤 했다. 아버지는 나를 못 마땅해했다.

'저 녀석은 너무 용해빠져.'

은혜를 다른 곳도 아닌 우리 집에서 만났을 때 한참을 믿을 수가 없었다. 이것이 꿈인가 생신가.

우리 집은 바닥 면적 백 평의 칠층 상가 맨 위층, 그러니까 정확하게 팔층에 자리 잡고 있다. 이 건물은 우리 부모님이 내가 고등학교 2학년 때 지으셨다. 내가 결혼하면 함께 살려고 옥상에 주거 공간 두 채를 설계에 넣었다. 집이 완성되자 한쪽은 우리가 살고 한쪽은 우선 세를 주었다. 내 혼기가 다가온 얼마 전 부모님은 아파트로 이사하고 세입자 신혼부부가 새로 입주했다. 그런데, 이런 기막힌 우연이 다 있을까? 바로 세입자 새댁이 은혜의 친언니였다. 어느 날 우리 건물 엘리베이터에서 은혜와 나는 마주쳤다. 첫눈에 서로를 알아보았다. 하기야 못 알아본다면 이상한 일이었다. 그녀와 나는 생활 반경이 비슷한지 잊어버릴 만하면 만났고, 교회에서도 볼 수 있었다. 언젠가 청년부 모임에서 마주쳤으나 은혜가 외면하는 바람에 무지 속이 상해 그때부터 교회에 발을 끊었다. 교회에 안 나간다고 어머니가 몹시 속상해했지만 원인은 나밖에 모른다. 원인 제공자인 은혜조차 꿈에도 모를 것이다.

그런 은혜를 엘리베이터에서 마주친 순간 얼마나 놀랐던지 나는 말을 건넬까 말까 망설였다. 언제나 나를 무시하는 듯한 태도를 보인 은혜가 지금이라고 그러지 말란 법은 없지 않았기 때문이다.

"저… 나 알지?"

뜻밖에도 은혜가 먼저 아는체해왔다. 내 가슴은 여전히 뛴다. 태연하려고 얼마나 애썼던지…

"어쩐 일이야?"

나는 멋대가리 없게 기껏 그렇게 물었다. 은혜 얼굴에 미소가 떠올랐다.

"우리 언니가 이 건물에 살아."

우리는 그렇게 만났다. 둘이 자매간인 걸 몰랐을 때와 달리, 그녀의 언니는 신기할 정도로 은혜와 닮았다는 것을 알게 됐다. 형제란 이렇게 서로 닮는 거구나. 형제가 없는 나로서는 부럽기만 했다.

나는 외아들이다. 귀하디귀한 5대 독자다. 그런 탓에 어머니의 사랑은 말로 다 형용할 수가 없다. 언제나 아들에, 아들에 의한, 아들을 위한, 삶을 살고 계획하던 나의 어머니 그 어머니가 나를 버렸다.

얼마 전까지 우리 가족은 여기서 함께 살았다. 어머니의 목소리에 달콤한 잠을 깨던 행복한 날이 끝장난 건 순전히 내 잘못이다. 끊임없이 방황하면서 부모님 애를 태우다 못해 드디어 대형 사고를 쳤기 때문이다.

얌전하고 성실한 초중고 시절을 벗어난 나는 대학에 입학하면서 변모를 거듭했다. 잘 다니던 학교를 휴학하고 전부터 하고 싶었던 모델을 지망해 버렸다. 부모님은 그야말로 기함을 했다. 점잖은 가문에 이게 웬 날라리! 그것뿐이면 그래도 괜찮다. 모델을 지망하면서 사귄 이런저런 친구들은 나를 미지의 세계로 끝없이 끌고 다녔다. 그러다가 동맹이란 이름의 모임을 결성했다.

내 말썽의 정점이 이때였다. 지망했던 모델 일은 흐지부지되고, 학교도 중퇴하고 잠시 후도 모른 채 나는 나댔다. 시도 때도 없이 싸돌아다니고 외박쯤은 예사로웠던 어느 날, 동맹의 여자애와 아버지의 차로 드라이브하다가 중앙선을 침범해 마주 오던 차와 충돌해 버렸다. 무면허 주제에. 상대방 운전사와 승객이 중상을 입었다. 나와 여자애가 기적적으로 가벼운 찰과상만 입은 것이 다행이라면 다행이었다.

이 사고로 내 인생은 추락했다. 아버지의 노여움은 대단했다. 나는 외출금지를 당하고 집에만 있어야 했다. 이때 친구 준호가 교회에 출석하자고 권해 왔다. 때맞추어 어머니도 강력히 말했다.

"넌 도대체 하는 게 뭐냐. 돈을 버니 아님 교회를 다니니."

돈? 돈 싫은 놈 있나? 그러나 직장이랍시고 어머니가 마련해 준 자리는 우리 건물 관리인이다. 어쩔 수 없이 맡고는 있지만 사실상 어머니가 다 알아서 한다. 쳇! 허수아비를 만들어 놓고서는… 그나마 친구 중 아무도 그 정도 액수를 버는 놈은 없다. 그게 내가 그 자리를 박차지 않는 이유이다.

교회? 거기도 사실 별로다. 아버지는 우리 교회 장로고 어머니는 권사다. 교회에 발을 끊은 나는 부모 입장에서 보면 철저한 반항아이다. 그래도 마음을 추슬러 준호를 따라 다시 교회에 갔다. 이젠 정말 열심히 다녀야지 다짐도 했다. 그래야 어머니 마음에도 들고, 어머니 마음에 들어야 내가 산다. 또한 이 옥탑방에서 나갈 수가 있다. 무엇보다도 교회에 은혜가 있다. 준호랑 나 그리고 은혜는 초등학교 동창이다. 초등학교 5학년 때 우린 한 반이었고 나는 그때부터 은혜를 마음에 품었다. 아무도 모르는 나만의 비밀로.

"준서야!"

친구 준호가 왔다. 인터폰에서 준호의 목소리가 흘러나온다. 준호는 나의 죽마고우이다. 언제서부터 저 애랑 내가 친구였을까. 아마 태어나 제일 먼저 만난 친구가 준호였을 거야. 부모님끼리도 친구다. 절친한 아버지들이 아들을 낳자 '준' 자를 첫머리에 넣어 이름을 지어주었다니까. 모르는 이는 이름만 들으면 형제인 줄 알 거다. 준호는 오늘 나를 교회 모임에 데려갈 작정이다. 거기에 가면 성현진이 있을 것이다. 이런 때 은혜는 교회에 오지 않았으면 좋겠는데. 이 일이 있기 전 어머니가 물었다.

"너 이번에 돈이 얼마 들었는지 아니?"

"아니."

나는 속으로 혀를 날름했다. 사실은 알고 있다. 오직 하나뿐인 자식의 인생에 오점을 남기지 않기 위해 우리 부모님은 정말 많은 대가를 지불했다. 일단 일을 수습한 후 부모님은 나 홀로 이 집에 남겨 두고 이사를 했다.

"너도 이제 독립할 나이야. 언제까지 부모를 의지해 살 수는 없어."

나는 속으로는 환호작약했지만 시무룩한 척했다. 그 모습이 좀 안 됐던지 어머니는 슬그머니 속삭였다.

"혼자 살기 싫으면 얼른 결혼해."

'뭐? 결혼? 벌써?' 내 눈치를 알았는지 다시 냉정하게 어머니는 말했다.

"생활비는 네 월급으로 충당해라. 밥은 사 먹지 말고 되도록 지어 먹어라. 정 하기 싫으면…"

거기까지 말하는데 아버지가 소리쳤다.

"하기 싫으면 굶어야지! 그 나이에 부모 봉양은 못 할망정 끼니 걱정을 시켜?"

내 나이면 부모 봉양할 나이인가?

"효도는 고사하고 사고나 치지 말아야지."

아버지의 목소리에 맞춰 어머니도 의식적으로 목소리를 차갑게 깔았다. 두 분은 이미 의견 조율을 끝낸 듯싶었다. 나만 두고 엄마 아빠만 아파트에 입주한다고? 나만 두고? 우리 엄마 맞아? 그런데 이 과정에서 나는 엄청난 비밀을 알게 되었다. 나는 어머니가 낳은 아들이 아니라 아버지가 밖에서 낳아 들여온 아들이었다. 독자인 아버지에게 누나들, 나에게는 고모가 되는 분이 둘 있는데 내가 혼자 있다니까 찾아왔다. 하필 전날 클럽 동맹의 친구들이 와서 나의 독립기념을 축하한답시고 한바탕 놀고 새벽녘에야 돌아갔다. 나는 고모들이 들이닥치는 줄도 모르고 마냥 늘어져 자고 있었다. 내 품에서 자던 계집애는 기절을 하고 옷장 속으로 숨었다.

"세상에, 세상에."

난장판인 집을 둘러보며 고모들은 세상에를 연발하며 주방에서 수없이 덜그럭거리더니 나를 불렀다.

"준서야 밥 먹어라!"

난 짐짓 못 들은 체했다. 평소에는 썩 잘하진 않지만 그래도 치우고 사는 편이다. 전화라도 좀 하고 오면 어디가 덧난대? 고모들이 많이 못마땅했다. 어머니가 왜 고모들을 싫어하는지 알 것 같았다.

'참 내! 하필 이런 날 온담.'

나는 부모님이 이사 나가고 사람이 사회적 동물이란 걸 새삼 깨달았다. 낮에야 그렁저렁 혼자인 것이 편할 때도 있지만 밤이 되면 고독이란 놈이 찾아와 나를 외롭고 쓸쓸하게 한다. 어째서 그럴까? 원인 분석을 한 결과 똑같은 구조의 건축물 때문임을 알았다. 어머니가 건물을 지을 때 나를 장가보내면 주려고 꾸민 또 하나의 주거 공간. 그곳에 하필 신혼부부가 세 들어 있는 것이다. 그러니 안 외로울 수가 있나? 평소 신경도 안 쓰고 살았는데 그들이 부러워질 줄이야. 원하지 않아도 신혼부부의 닭살 멘트를 들을 때가 있다. 무언가를 슬쩍 훔치는 듯 미묘한 그 기분이라니… 홀로 정리를 하고 청소를 하며 나에게 유별난 고모들이 와서 도와주지 않을까 기다렸다. 그래서 친구도 준호밖에 부르지 않았다. 동맹 애들은 어른들이 별로 좋아하지 않기 때문이다. 부모님께 잃은 점수도 도로 회복해야 한다. 무조건 내 편인 고모들에게조차 점수를 깎일까 봐… 그런데 고모들은 감감무소식이었다. 일만 저지르는 조카 새끼에게 실망이 큰 나머지 별로 보고프지 않은가보다 결론을 내린 나는 미루던 동맹 애들을 불렀다. 바로 어제, 우린 진탕 마시고 먹었다. 동맹 패거리는 언제 사라졌을까, 그리고 저 계집애는 어쩌다가 남은 거야.

"준서야, 밥은 먹고 자야지."

고모들은 참 끈질기다. 입맛 없는 나에게 아침을 먹이고야 말 작정이다. 결국 나는 일어나 식탁에 앉아 몇 술 떴다. 네 개의 눈동자가 지켜보는 가운데.

"밥맛이 없니?"

고모 같으면 있겠우? 별로 이쁘지도 않은 할머니 두 분이 눈을 부릅뜨고 집중하고 있는데… 투정이 절로 나왔지만 내 최고의 무기는 눈웃음. 살짝 웃으면서 고개를 끄덕인다. 그러면 고모들은 따라 웃는다.

"조금 이따 먹으면 안 돼요?"

"그렇게 밥맛이 없음 좀 이따 먹어라."

어머니 같으면 어림없는 일이다. 나는 짐짓 졸려 못 견디겠다는 표정으로 화장실을 거쳐 침대로 돌아갔다. 어서 고모들이 돌아가기를 간절히 바라면서. 눈을 감고 누워있자니까 잠이 부족한 탓인지 가수면 상태가 지속된다. 꿈을 꾸다가 깨다가… 고모들은 무어 그리 할 말이 많은지 끊임없이 말을 주고받았다. 그러다가 얼핏 잠이 깬 내 귀에 들어서는 안 될 내용이 들어 왔다. 자는 체한 것이 잘못이었다.

“녀석 코까지 골면서 자네. 뭐가 그리 고단하누.”

“다아 애를 혼자 내동댕이쳐 놓으니까 그런 거 아냐.”

“애가 둘만 돼도 이해하겠어. 달랑 하나뿐인 걸 어떻게 팽개치고 지들끼리만 살림을 난 담.”

잠시 침묵하는가했더니 그담엔 그야말로 천지개벽하는 말을 뱉었다.

“불쌍한 우리 준서 부모 잘못 만났어.”

“에미를 잘못 만난 거야.”

참내, 불쌍하긴 내가 왜 불쌍해. 나는 어머니와 고모들 사이가 워낙 좋지 않아 또 어머니 험담을 하는 줄 알았다.

“에휴 암 것도 모르는 우리 준서만 가엾지.”

그러더니 쉬이 하는 거였다. 나는 순간 가슴이 서늘해졌다. 이 대화의 의미는? 눈을 계속 감고 있어도 되는 건가? 아님 자리를 박차고 일어나 고모들에게 따져야 하는가? 그런데 먼저 까닭모를 눈물이 흘러내렸다. 창피하지만 부모님이 이사 나가던 날도 난 울었다. 내 딴에는 우는 척한다고 생각했는데 사실은 정말 눈물이 났던 것이다. 혼자 버려졌다는 느낌이 가슴 한쪽에 웅크리고 있다가 모습을 드러냈다.

“도대체 저놈이 생각이 있는 거야?”

“나이를 먹으면 좀 나아지겠죠.”

"나이? 나이가 어려서?"

교통사고를 낸 이후 아버지가 부쩍 짜증을 냈다. 부모님은 나에게 어떤 처분을 내려야 할지를 오랫동안 의논했다. 아마 쉽지 않았던 것 같다. 나를 혼자 둔다는 것이. 어머니가 가끔 우시는 것 같았다. 아버지가 그게 다아 당신이 너무 오냐 오냐 해서 그래! 하고 소리 지르고, 결국 난 혼자가 됐다. 홀가분할 줄 알았는데 그게 아니었다. 미처 몰랐지만 나의 성향은 누군가를 의지하는 의존형이었을까? 그리고… 낯선 곳에서 누군가를 기다리며 많이 울던, 까맣게 잊었던 어떤 기억이 불현듯 떠올랐다. 어려서 나는 곧잘 놀다 말고 어머니를 확인하고는 했다. 어머니가 안 보이면 허둥대며 찾았다. 그럴 때마다 어머니는 나를 꼭 안아 주었다.

"엄마 어디 갔었어? 어디 가면 안 돼!"

"엄마 여기 있잖아. 우리 준서 두고 엄마가 가긴 어딜 가."

어머니에게 안겨 주로 그런 내용의 대화를 주고받았다. 그런데 기억 저편에 냄새가 있었다. 어머니의 품에 안기면 나는 냄새. 그 냄새는 달콤하고 포근했다. 언제였을까, 어머니의 냄새가 달라져 버린 것은. 얼마 전 어머니가 발을 다쳐서 정형외과에 잠시 입원했다. 나는 어머니의 병실에서 살다시피 했다. 아버지가 교대해줄 때까지. 용돈도 점수도 두둑이 딸 수 있는 좋은 기회였다. 거기에 집안의 친척 형과 형수가 갓난아기를 안고

서 병문안을 왔다. 나는 별생각 없이 멀거니 바라보고 있는데 어머니가 아기를 안아 보라고 했다.

"싫어 아기 떨어뜨리면 어떻게 해."

"그러면 큰일 나지."

사람 좋은 형은 그러면서 아기를 내게 건네주었다. 나는 긴장하면서 아기를 받았다. 아! 아기 냄새.

"애기도 안아보셔야 애기 아빠 될 준비를 하시지."

형수가 그러면서 웃었다. 어머니도 웃었다. 나는 공연히 얼굴이 벌게져서 아기를 얼른 형에게 건네주었다. 나중에 나는 어머니에게 물었다.

"엄마 나는 엄마 젖 먹었어? 아님 우유 먹었어?"

그 순간 어머니가 당황해했다. 아주 잠깐이지만.

"아유 다 큰 녀석이 징그럽게 별걸 다 묻네. 너는 우유 먹었단다. 엄마가 젖이 안 나와서."

그러나 나는 분명히 엄마 젖을 먹던 기억이 있다. 젖을 달라고 조르던 일이며, 무언가 바른 젖을 물었다가 울었던 등등의 기억. 꿈이었을까? 나에게 더없이 지극한 어머니를 의심한 적은 없다. 그러나 무의식의 저 깊은 곳에서 끊임없이 젖 냄새를 기억하고 있는 것은 어쩐 일인가. 고모들의 대화는 나의 어렴풋한 기억을 뒷받침하고 있다.

아! 나에게 그처럼 헌신적인 내 어머니가 생모가 아니라면?

티브이 드라마나 소설에서 있을 수 있는, 나와 전혀 상관없는 내용이 내 것이 된다면? 막연하던 감정과는 전혀 다른 서늘한 어떤 예감 때문에 나는 몸서리쳤다. 싫다. 나는 우리 엄마 아들이야! 내가 무슨 당치 않은 생각을 하는 거야! 도대체!

"오빠! 오빠아."

옷장 문을 조금 열고 계집애가 아주 작은 목소리로 나를 불렀다. 나는 눈을 크게 뜨고 어서 들어가라고 표정으로 말했다.

"나 쉬가 너무 마려워 쌀 거 같아."

"아니! 나더러 어쩌라고?"

"저 사람들 얼른 가라고 그래."

소리 죽여 말해도 나는 불안했다. 행여 고모들이 저 애의 존재를 알게 되면 큰일 난다. 나는 계집애를 장롱 속으로 들여보내고 머리를 굴렸다. 이럴 줄 알았으면 안방 침대에서 잘걸. 거긴 화장실도 붙어 있고 주방에서 거리도 먼데. 좌우간 저 할머니들을 어떻게 보내지?

"준서야 우리 그만 갈란다."

끊임없이 쓸고 닦고를 반복하던 고모들이 간단다. 어떻게 돌아갈 생각을 했을까.

"가시게요?"

나는 부스스 일어났다. 저녁까지 좀 해주고 가시지 하고, 맘에 없는 소리를 하다가 꿀꺽 삼킨다. 겁이 났다. 정말 저녁까지

해 주고 간다면서 주저앉으면 큰일 아닌가.

고모들이 돌아간 후 계집애도 돌아간다고 설친다. 가거나 말거나. 그런데 누가 온 모양인가. 인터폰에 누군가 보인다. 무심코 문을 열려던 나는 굳어졌다. 은혜다.

"오빠 왜 그래?"

계집애가 허둥댄다. 누구? 잠시 마음의 준비를 한 나는 문을 연다. 은혜는 미소 지으며 발을 들여놓다가 여자애를 보자 멈춘다. 그리고 언니 집에 왔다가 그냥 들렀다면서 이내 문을 닫고 돌아선다. 잡고 싶다. 그러나 잡을 수가 없다. 계집애가 연방 누구냐고 재촉한다. 나는 아무 대답도 않고 계집애를 내쫓는다.

지난주쯤 초저녁에도 은혜가 여기 왔었다. 제 언니 집이 아니고 나 혼자 사는 이 공간에. 그동안 우리는 많이 친해졌다. 쌀쌀맞던 표정은 봄눈 녹듯 사라지고 사뭇 친절한 은혜. 여전히 내 가슴은 설레었다. 그리고 그날은 특별했다. 은혜는 어머니의 심부름으로 언니에게 줄 김치를 가져왔는데 마침 언니 부부가 외출 중이라고 했다. 어디 여행을 간 걸 미처 연락을 못 받았다나. 그러면서 나에게 김치 한 통을 주는 게 아닌가. 얼마나 고마웠는지. 말이 나왔으니 말인데 김치는 중독성 있는 음식이지 싶다. 처음에는 어머니가 정성으로 담가 주었지만 제때 먹지 못해 대부분 시어버리자 어머니도 나중에는 신경을 써주지 않았다. 막상 그렇게 되니까 맛있는 김치를 언제 먹어 보았는지 까마득

했다.

"고마워서."

나는 싫다는 은혜를 굳이 거실까지 데리고 들어왔다. 마침 거실 테이블에는 수입 포도주며 양주가 놓여있었다. 동맹 멤버 중 수입코너를 하는 집 아들이 있다. 나의 독립 기념입네 하고 선물로 준 것이다. 은혜가 관심을 보였다.

"이게 뭐야?"

"칠레산 포도주라나 누가 줬어."

"와!"

은혜가 탄성을 지르며 좋아하는 걸 보고 나는 깜짝 놀랐다.

"너 술 하니?"

"그럼! 한잔은 마시지."

"모범생인 줄만 알았는데?"

"왜 술 한잔하면 불량생이야?"

"아니 뭐 그런 건 아니구…"

결국 나는 은혜의 요청으로 글라스를 꺼내오고 통조림 몇 개를 늘어놓고 잔을 마주쳤다.

"나 많이 못 먹어."

은혜는 그러면서 포도주를 홀짝홀짝 마셨다. 감질이 났다.

"이왕이면 이것도 한잔해라."

그러면서 나는 은혜의 잔에 도수 높은 짐빔을 따라주었다.

아주 조금이긴 하지만 은혜는 장난기 서린 눈으로 웃더니 그걸 홀짝 마셨다. 다음 순간 비명을 질렀다. 그리고 속이 타는지 한참을 쩔쩔맸다.

"와… 무지 독하다. 이런 걸 어떻게 마시니."

땀까지 이마에 맺혔다. 좀 마시는 줄 알았더니 맹물이네. 나는 웃었다. 은혜가 얼굴을 잔뜩 찡그리고 그만 마시자고 한다.

"그래."

나도 억지로 먹일 생각은 아니어서 잔에 남은 술을 조금씩 아껴 마시며 이런 이야기 저런 이야기 하다가 우리들의 어릴 때 이야기까지 나왔다. 은혜가 말했다.

"넌 왜 날 피해 다녔니?"

나는 깜짝 놀랐다. 그래서 뭐? 아닌데 피하지 않았는데… 하면서 뭐라고 알아들을 수 없게 중얼거리자 은혜가 좀 큰 소리로 말한다.

"안준서 나 냉수 좀 줄래?"

나는 얼른 냉수에 얼음을 넣어서 가져다주었다. 은혜가 물컵을 받아드는가 싶더니 그냥 놓쳐버린다. 그리고 몸이 앞으로 푹 쓰러지는 게 아닌가. 나는 얼마나 당황했는지 모른다. 아무리 흔들어도 은혜는 정신을 차리지 못했다. 알콜만 들어가면 자는 사람이 있다더니 얘가 그런 건가 싶었다. 일단 소파에 눕혔다. 겨우 이럴 거면서 같이 술을 먹자 했나 어이가 없기도 했다. 봄이라고는 해도 아침저녁으론 매우 쌀쌀했다. 이불을 꺼내 덮어 주면서 나는 그녀의 날씬한 종아리에서 시선을 거둘 수 없었다.

나는 순진무구하지가 않다. 여자애들과의 은밀한 교제를 몇 건이나 갖고 있다. 은혜가 첫사랑이긴 했지만 그거야 용해 빠질 때 이야기이다. 약간의 술기운과 좀 전 은혜를 부축해 소파에 누이면서 접촉한 감촉은 충분히 내 가슴을 뛰놀게 했다. 은혜의 도톰한 입술을 범하면 그다음은 나를 어쩔 수 없을 것 같다. 하지만 같이 있으면 안 될 것 같아 은혜를 침실로 옮겼다. 이불을 덮어주고 방을 나가려고 돌아서는데 은혜가 내 손을 잡았다. 나는 당황했다.

"은혜야!"

은혜의 손은 뜨거웠다. 어느새 입술이 포개지면서 내 머리와 가슴도 뜨거워졌다. 어려서부터 그토록 가슴 깊이 숨겨 두었던 은혜와 이런 식으로 엉클어지고 싶지는 않았는데… 거실에서 텔레비전이나 보려고 했는데… 거실에서 나 혼자 자려고 생각했는데…

다음 날 아침에 눈을 뜬 은혜는 사뭇 기절할 듯 놀랬다. 나는 슈퍼에서 콩나물과 명태를 사다가 해장국까지 끓여 대령했다.

"야, 살다 보니까 이은혜가 우리 집에서 자는 날도 있구나."

놀려 가면서 식탁에 은혜를 끌어다 놓았으나 전혀 수저를 들지 않는다.

"이은혜 어서 밥 먹어."

아무리 권해도 은혜는 눈도 마주치지 않는다. 게다가 우리 사이에는 자못 긴장감을 비롯한 미묘한 기류가 조성되고 있다. 나는 하마터면 은혜에게 결혼하자고 말할 뻔했다.

결혼이 급하긴 했다. 어머니가 사뭇 위협적으로 결혼을 재촉하는 것이다. 나같이 학교도 다니다 만 사람에게 누가 딸을 줄 것인가. 이렇다 할 직업이 있는 것도 아니고. 부모 덕에 살아가는 나는 보기에 따라서 아주 나쁜 점수를 줄 수도 있었다.

아무튼 나는 그때 은혜와 결혼하기로 결심했다. 그래서 은혜를 그야말로 여왕을 모시듯 했다. 그랬는데 느닷없는 어머니의 엄명이 날벼락처럼 떨어졌다.

"이번 모임에 가면 성현진이란 애가 있을 거야."

나는 당황했다. 성현진이라구? 걔가 누구야? 빌어먹을! 내 신붓감을 내가 고르면 안 된단 말인가?

준호의 차에 타고 약속한 장소에 갔다. 이미 모두 모여 있다. 준호와 내가 가장 늦었다. 은혜의 얼굴도 보였다. 그새 은혜는 약간 야윈 듯했다. 예배를 드리고 순서에 따라 조별로 나뉘어 오늘의 토론에 들어간다. 교회 부흥은 기도냐? 전도냐? 라는 주제를 놓고 열띤 논쟁들을 펼치지만 나는 아무 관심도 없다. 은혜를 훔쳐보기에 여념 없던 나는 문득 성현진이가 누구지? 하는 생각이 든다. 성현진이라고 불리는 애는 안경을 쓰고 머리는 짧게 잘랐다. 첫인상이 꽤 세련된 느낌을 주긴 한다. 그렇지만 은혜에 비하면 훨씬 덜 예쁜 것 같다. 게다가 관심 없는 주제의 토론이 너무 시시해 나는 준호를 들쑤셔 그 자리를 빠져나왔다.

"넌 왜 진득하게 있지를 못하냐?"

준호가 투덜댄다.

"재미없는 걸 참아야만 되니? 너도 부모님 특명받았냐?"

준호는 픽 웃더니, 그럴 수도 있지 한다. 우리 친구들 중 결혼한 애들도 있다. 그러나 5대 독자인 나 같은 경우를 제외하고는 결혼을 하기엔 좀 이른 나이이다.

"나 어제 사랑니 뺐다. 그게 날 때도 무지 아프더니 요즘 충치로 변해서 나를 못살게 굴잖아."

치대생인 준호의 푸념에 난 사랑니가 나지도 않았다고 대꾸하자, 그러니까 철이 안 나지 한다. 치대생 속 썩이는 걸 왜 여태 그냥 뒀냐고 면박을 주자 준호는 웃었다.

"그게 그렇다. 남에게 쉽게 말해도 막상 나한테 닥치면 말처럼 안 되는 거야."

맞는 말이다. 아무튼 은혜를 접고 성현진으로 바꾸는 일은 좀 시간이 걸릴 것 같다.

"나 말야 혼자 좋아하는 애가 있는데."

나는 준호에게 실토할 요량으로 말을 꺼낸다. 그랬더니 준호가

"응 사랑니가 너도 있구나."

하는 게 아닌가. 응? 나는 준호를 곁눈으로 보면서 말을 잇는다. 사랑니가 그런 뜻으로 쓰는 거냐? 암튼 어머니가 정해주는 애가 또 있어. 그래서 마음이 복잡해. 우기면서 좋아하는 애랑 진도 나가볼까? 아니면 어머니한테 무조건 순종해야 하나. 나는 이렇게 주절거리면서도 결론은 이미 난 건지도 모른단 생각이 들었다. 무조건 어머니 마음에 들어야 내가 산다는 깨달음이 떠오른 탓이다.

그런 나를 보며 준호는 복에 겨워 좋겠단다. 뭐어? 복? 내가 억울해하자 준호가 느닷없이 주먹으로 내 어깨를 내리친다.

"야! 사랑니는 어차피 빼버려야지 그대로 두면 충치가 되어 두고두고 아프게 하는 거야. 빼 버려!"

치대를 다니는 놈은 첫사랑을 사랑니라고 부르는 건가. 결국 나는 성현진을 택해야 하나. 준호의 휴대폰이 울었다. 준호가 누구랑 통화하더니 안으로 들어간다. 잠시 후 준호는 은혜를 데리고 나왔다. 그리고는 자랑한다.

"우리 사귄 지 오늘 백 일째 되거든… 축하해주라."

나는 멀거니 나의 사랑니를 바라보았다.

은행나무집 딸

아침저녁과 한낮의 일교차가 심하더니 먼 산이며 거리의 나무마다 붉고 노랑 물을 들여놓았다. 하나님의 오묘한 솜씨는 신비하다. 사람이 물감으로 칠해서는 도저히 서로 어울리지 않을 복잡한 색조가 너무도 곱게 조화롭다.

'단풍이 절정일 때 설악산에 가 보았으면! 금강산에 갈 수 있다면 더 좋고!'

바쁜 일상에 여념 없건만 청소하다 말고 창밖을 바라보며 나는 어느새 꿈을 꾼다. 그때 전화 한 통이 나를 일깨우는데 뜻하지 않은 부음이다.

"얘 은행나무집 사위가 어제 글쎄 교통사고로…"

친정엄마의 음성을 들으며 나는 충격을 받는다. 태일 오빠가! 태일 오빠는 친척이나 다름없는 동네 오빠다.

내가 태어나서 자란 동네에는 울창한 수목이 우거진 공원이 있다. 해가 지면 청춘 남녀가 손잡고 나무그늘 아래를 거니는 것을 흔히 볼 수 있었다. 금이 언니와 태일 오빠도 그들 중 하나였다. 금이 언니는 우리 바로 옆집 큰 은행나무가 있는 집 딸이고 태일 오빠는 큰 오빠 친구이다. 금이 언니는 우리 동네에서 제일 예뻤고 우리 집 앞길 건너 맞은편에 사는 태일 오빠는 어린 내 눈에 멋있는 오빠였다. 그런 오빠를 동네 사람들은 깡패라고 불렀다. 아무튼 그들은 너무도 잘 어울리는 한 쌍이었다. 금이 언니네 부모는 태일 오빠와 금이 언니의 교제를 좋아하지 않았다. 나는 가끔 어른들 몰래 언니 심부름을 해야 했다. 언니가 내 방 창문을 똑똑 두드리면 나는 얼른 언니에게 쫓아갔다. 그러면 언니는 봉투에 넣고 풀칠해서 봉한 편지를 왕사탕 한 알과 같이 내밀었다. 쪼르르 태일 오빠네 집에 가면 오빠는 음악을 크게 틀어놓았다가 어머니에게 꾸중 들을 때가 많았다. 그렇지 않으면 담배를 피우고 있다가 얼른 껐다.

"아휴 난 또 울 엄만 줄 알았네."

나는 언제나 언니의 편지를 수줍게 오빠에게 내밀었다. 마치 내 편지인 것처럼.

"땡큐!"

그러면서 편지를 받아드는 태일 오빠에게서 풍기는 담배 냄새가 왜 그렇게 좋았던지. 말이 나왔으니 말인데 나는 호흡기가 약해서 아버지는 내 앞에서 담배를 절대로 안 피우셨다. 담배 연기 때문에 내가 기침을 할까 봐.

아마 나는 좀 별난 호기심을 가졌었나 보다. 어느 날 집에 아무도 없을 때 아버지의 담배 한 개비를 입에 물고 불을 붙였다. 그리고 태일 오빠처럼 멋있게 한 모금 들이마셨다가 내뿜어 보았다. 그 매캐함이라니! 얼마나 가슴이 따가웠는지 모른다. 얼마나 기침을 하고 눈물을 질질 흘리며 고생을 했는지 모른다. 그 후 나는 담배 연기만 보아도 멀찍이 도망을 쳤다.

어느 여름날 언니를 따라 뚝섬유원지에 갔더니 그곳에서 태일 오빠가 기다리고 있었다. 아이스크림에 자장면에 나는 그야말로 꿈같은 하루를 보냈다. 그런데 튜브를 가지고 신나게 물놀이 하는 내게 어떤 남자아이가 튜브가 제 것이라고 달라고 했다. 나는 아니라고 우리 언니가 돈 내고 빌려주었다고 우겼다. 그 아이의 형인 듯싶은 큰애가 눈을 부릅뜨고 튜브를 내어놓으라고 소리 질렀다. 주위를 둘러보았으나 금이 언니도 태일 오빠도 보이지 않았다. 나는 어이없이 튜브를 빼앗기면서 눈물을 뚝뚝 흘렸다. 세상에 태어나서 그렇게 억울하고 서러운 일은 처음 당했다. 그때 어디선가 태일 오빠가 나타났다. 오빠는 나쁜 아이를 혼내 주었고, 그 아이는 잘못했다고 오빠한테 빌었다. 세상에서 제일 멋있는 사람은 태일 오빠라고 그때부터 나는 굳게 믿었다.

어느 가을날에는 금이 언니 편지를 태일 오빠 몰래 뜯어본 적이 있다. 도대체 어떤 내용일까 너무 궁금했다. 언니네 집에서 구운 은행을 먹고 놀다가 내 손에 쥐여 준 편지를 들고 태일 오빠네를 갔으나 마침 오빠가 출타 중이었다. 편지를 도로 들고 오면서 슬그머니 호기심이 머리를 드는데 도저히 이길 수가 없었다. 그래서 큰 나무 뒤에 숨어서 편지를 뜯어보았다. 아, 그때 얼마나 가슴이 뛰었던지. 그런데 내용은 별게 아니었다. 그저 간단하게 오늘 뭐 하냐고 씌어있었고 예쁜 단풍잎과 은행잎이 몇 장 팔랑대며 떨어졌을 뿐이다. 기가 막혀서. 열 살밖에 안 된 나이에 간지럽도록 은밀한 사랑의 고백을 기대했던 나는 그만 어이가 없었다. 그래서 이따위 시시한 심부름 이젠 하지 말아야지 하고 결심했다. 그다음부터 나는 언니가 창문을 똑똑 두드리면 엄마가 계신 안방으로 도망쳐 라디오를 크게 틀거나 못 들은 척했다.

어느 날 큰 싸움이 났다. 금이 언니네 하고 태일 오빠네 부모들끼리 한바탕한 것이다. 두 사람이 나이도 서로 맞고 둘이 좋아하니까 결혼시키자고 태일 오빠네서 혼담을 건넸는데 금이 언니네 아버지가 펄쩍 뛰며 노발대발했다. 원체 목청이 큰 금이 언니네 아버지가 온 동네가 떠나가게 난리를 쳤다.

"응 그런 불 쌍것이 내 딸을 달라구? 내 하나뿐인 딸을?"

불 쌍것이 도대체 어떤 거냐고 물었더니 아버지는 웃으며 넌 몰라도 된다고 하셨다. 내가 읽은 책 중에서 불 쌍것이라는 말이 나온 책은 없었다. 어린 내게 설명할 수 없도록 무지 나쁜 사람을 그렇게 말하나보다 나름대로 이해한 나는 금이 언니네 아버지가 야속했다. 태일 오빠는 그렇게 나쁜 사람 아닌데. 얼마나 멋있고 잘 생겼는데. 엄마 말 잘 듣고 동생들에게도 좋은 형이었다. 사람들이 깡패라고 손가락질하지만 괜히들 그러는 거지 난 한 번도 깡패 짓 하는 거 본 적도 없었다. 정확하게 깡패 짓이 어떤 건지는 모르지만. 나 혼자 그렇게 태일 오빠를 두둔하며 애를 태우는데 해가 지고 어두워졌을 때 창문 두드리는 소리가 났다.

그때 나가지 말았어야 했다고 나는 두고두고 후회했다. 그러나 나는 나갔다. 내 방 창문에서 비어져 나오는 불빛에 비친 언니는 울어서 퉁퉁 부어 있었다. 그런 얼굴로 언니는 나에게 편지를 주었다. 예쁜 언니가 얼마나 울었으면 얼굴이 저렇게 되었을까 가슴이 찢어지도록 아팠다. 언니 잘 될 거야 울지 마, 하는 내 위로에 언니는 조금 웃는 듯하더니 이내 눈물을 뚝뚝 떨어뜨렸다. 그리고 목멘 소리로 이 편지 태일 오빠한테 꼭 전해야지만에 하나라도 다른 사람이 보면 큰일 난다고 말했다. 나는 필사적인 사명감을 불태우면서 오빠네 집으로 향했다. 불쌍한 금이 언니와 멋있는 태일 오빠를 위해서라면 이까짓 것쯤이야 하면서. 무사히 나의 책임을 다하고 안방에서 라디오를 듣다가 잠이 든 다음 날 아침 나는 수군거리는 소리를 잠결에 들었다.

"못된 송아지 엉덩이에 뿔난다더니 세상에! 키워준 은혜를 그렇게 갚아."

"글쎄 말야. 참 맹랑하기도 하지."

사뭇 분노한 엄마의 목소리에 아버지의 한숨 섞인 대답이 따랐다. 무슨 내용인지 모르는 나는 다시 잠이 들었다.

금이 언니와 태일 오빠가 동네에서 사라진 것이다. 둘이 같이 도망을 쳤다고 했다. 그리고… 원래 지병이 있던 금이 언니네 엄마는 그 길로 그만 화병이 나서 자리보전하고 앓다가 세상을 떠났다. 금이 언니 아버지는 언니의 남동생 명환이와 함께 고향으로 간다고 이사를 가버렸다. 불과 몇 달 사이에 벌어진 일이었다. 한동안 우리 동네는 가는 곳마다 만나는 사람들마다 금이 언니네 이야기로 떠들썩했다.

"고거 얼굴값 하네."

"왜 제 친엄마도 그랬잖아 생각 안나?"

"맞아. 걔 낳은 부모도 도망 와서 살다가 그거 낳아서 버리고 갔지."

우리 동네에서 산 쪽으로 올라가면 가난한 사람들이 판잣집에서 살았다. 그곳에서 어린 부부가 살다가 딸을 낳았다고 했다. 그런데 애를 낳은 후 남자의 부모가 와서 남자를 데리고 가버렸다. 그들은 부모 몰래 야반도주해온 부잣집 아들과 술집 접대부였다고 한다. 한동안 남자를 기다리며 어렵게 버티던 여자마저 아직 젖도 떼지 못한 핏덩이를 남의 집 대문 앞에 버리고 어디론가 가버렸다. 마침 자식을 두지 못해 애태우던 자식 없는 부부가 거두어 기른 것이 금이 언니였던 것이다.

어디서부터 잘못되었는지 모른다. 아무튼 나는 금이 언니의 편지를 태일 오빠에게 전해 준 것이 잘한 짓이 아니란 걸 깨달아야 했다.

편지를 전해주지 않았으면 도망도 안 갔을 거고 그랬으면 금이 언니네 엄마도 돌아가시지 않았을 것이다. 나는 몇 날 며칠 괴로워했다. 그러다가 꿈에 금이 언니네 엄마가 나타나 우리 금이 내놓으라고 하는 바람에 소스라쳐 깨어나 으악! 비명을 지르며 엄마 품으로 파고들었다. 나는 엄마 품에 안겨 흐느껴 울면서 내가 한 짓을 이실직고했다. 엄마는 나를 꼭 안고 내 이야기를 들은 후 조금 웃었다. 엄마의 웃음을 본 나는 그렇게 나쁜 짓을 한 건 아니구나 싶어 마음이 놓였다. 내 말을 다 들은 엄마는 말했다.

"못된 것들, 어린애에게 그따위 심부름을 시키다니!"

엄마는 또 누가 그런 심부름 시키면 엄마한테 이르고 앞으로 절대로 그런 일을 하지 말라고 누누이 타일렀다.

다음날 학교에 간 나는 또 속이 상했다. 학교에서도 금이 언니 이야기를 아는 애들이 있었고 나는 온갖 무성한 소문을 일일이 들어야 했다. 정말 힘들었던 것은 전혀 엉뚱한 소리를 들을 때였다. 그러지 않아도 금이 언니가 없는 것이 실감 나고 있었다. 오빠만 둘인 나는 금이 언니와 얼마나 친했는지 모른다. 나의 오빠들은 서울 이모 댁에서 상급학교에 다니고 있었고 나는 외톨이였다. 언니는 나를 친동생처럼 귀여워해 주었다. 먹을 것이 있으면 으레 불러서 같이 먹었다. 오십이 넘은 지금도 금이 언니네 따뜻한 아랫목에서 발에 포근한 캐시밀론 담요를 덮고 고구마며 밤, 은행을 먹던 기억이 그립게 떠오를 때가 있다. 그런 나의 귀에다 대고 금이 언니 흉을 보면 나는 바보처럼 눈물부터 나는 것이다. 그런 게 아니야! 라고 내가 아는 것을 설명해주고 언니가 나쁜 사람이 아니라는 것을 말할 수 있으면 좋으련만. 수업을 마치고 과제에 필요한 것을 사러 문구점에 갔다가 나는 또 속상한 소리를 들었다. 아니 들을 뻔했다. 문구점 아줌마가

"얘 너 혹시 은행나무집 딸."

하고 눈에 이상한 빛을 띤 채 침을 꿀깍 삼키면서 말을 시작하는 게 아닌가? 단골 문구점 아줌마에게 배신감마저 느낀 나는 아줌마가 더 무어라 말하기 전에 다음에 오겠다고 하고 얼른 문구점을 나와 버렸다.

얼마간의 세월이 지나자 어디로 갔는지 알 수 없었던 태일 오

빠와 금이 언니가 돌아왔다. 금이 언니는 엄마가 돌아가시고 아버지와 남동생이 고향에 갔다는 소식을 전해 듣고 몸부림치며 울었다. 아무튼 금이 언니는 그날부터 길 건너 태일 오빠네 집에서 살게 되었다. 그런데 태일 오빠네 엄마, 금이 언니의 시어머니가 처음에는 그저 돌아온 것만 반갑다고 하더니 차츰 금이 언니를 미워하게 되었다. 나중에는 얼마나 시집살이를 시키는지 밥도 홀로 부엌 부뚜막에 앉아 먹게 하고 잠도 아들과 같이 못 자게 며느리를 안방에서 데리고 자며 팔다리를 주물러라 밤새 들볶는다고 했다. 시아버지는 시어머니가 시키는 대로 말을 잘 들어 건넌방을 쓰도록 해서 금이 언니와 태일 오빠의 건넌방은 남자들의 방, 안방은 여자들의 방이 되었다고 했다. 모진 시집살이를 시켰어도 금이 언니는 잘 견뎠다. 그런데 이번에는 태일 오빠가 은자 다방의 아가씨와 바람이 났다는 소문이 났다. 그 소문이 사실로 밝혀지면서 온 동네가 떠들썩해지더니 금이 언니가 가출을 해버렸다. 이번에는 태일 오빠와 둘이가 아니고 금이 언니 혼자 어디론가 가버렸다.

그때 나는 태일 오빠가 너무도 미웠다. 금이 언니의 심부름을 하던 꼬맹이던 나는 초등학교 졸업반이 되어 있었다. 어느 날인가 서울 이모 집에서 대학을 다니던 큰 오빠가 집에 온 날 나는 오빠를 졸라 큰길가에 새로 생긴 빵집에 갔다. 막내인 나의 어떤 요구도 다 들어주던 큰 오빠는 태일 오빠와 친구였다.

지금 생각해 보면 오빠가 아직 대학에 다니고 있을 때 태일 오빠와 금이 언니는 같이 살았으니 매우 조숙한 편이었나 보다. 나는 빵을 먹으며 태일 오빠를 마구 비난했다. 웃으며 내 이야기를 듣던 오빠는

"그래도 태일이가 제일 맘이 아플 거야."

하고 대답했다. 나는 과연 그럴까 미심쩍었으나 큰오빠 말은 무조건 다 맞는다고 생각했으므로 마지못해 으응 그런 거야, 라고 중얼거렸다. 오빠가 사준 과자 봉지를 들고 집으로 돌아가기 위해 거리에 나섰을 때 나는 저쪽에서 태일 오빠가 오는 것을 보았다. 순간 반사적으로 고개를 돌렸다. 아무리 큰 오빠가 태일 오빠를 변명해 주어도 용서 안 되었던 모양이다. 두 오빠는 악수를 나누었다. 그리고 태일 오빠는 나에게 말했다.

"꼬맹아! 금이 소식 알아냈다. 내일 가서 데려올 거야."

"금이 있는 곳을 알았어?"

"응 장인어른 계신 곳에 같이 있다는군."

"잘됐네, 다행이다."

그때까지 잠자코 있던 나는 톡 쏘아 한마디 했다.

"언니 데려오면 잘해줘야 돼요."

태일 오빠는 웃었다.

"그래야지 그럴게."

그제야 나는 태일 오빠가 무지 야위어있다는 것을 알았다.

어머, 오빠 왜 그렇게 말랐어요? 목까지 치민 질문을 나는 꿀꺽 삼켜 버리고 일부러 딴 곳을 바라보는 척했다.

큰오빠 말이 맞나봐. 어쩜 저렇게 안타깝도록 말랐을까. 그러나 태일 오빠는 금이 언니를 데려오지 못했다. 태일 오빠를 피해 언니가 어디론가 가버렸다고 했다. 술 취한 태일 오빠가 큰 오빠를 찾아와 넋두리를 했다.

"야 난 어떻게 하니. 금이를 어떻게 하면 찾을 수 있을까."

그런 태일 오빠 뒤통수에다 나는 눈을 흘겼다.

'그것 봐 그러니까 진즉에 잘했어야지.'

다음 날 나는 큰 오빠를 따라 이모 집에 다니러 갔다. 이모는 엄마의 언니인데 아주 부자라고 했다. 이모의 아들딸은 미국 유학 중이고 크나큰 집에서 이모와 이모부가 나의 두 오빠를 데리고 있었고, 우리 집에는 없는 아주 맘 좋은 가정부 아줌마도 있었다. 이모는 특히 나를 무척이나 귀애했다. 엄마에게 나도 이모 집에 보내 진학하게 하라고 말하곤 했다. 그러면 엄마는 애를 둘씩이나 맡겨 놓고 있는데 얘까지 언니한테 보내는 게 말이 되느냐고 펄쩍 뛰었다.

아무튼 이모는 나를 데리고 미장원에서 백화점으로 돌아다니며 머리끝에서 발끝까지 바꾸어 놓았다. 맛있는 음식이며 예쁜 옷으로 나의 마음을 빼앗은 이모는 나에게 같이 지내자고 꼬드겼다. 그게 싫을 턱이 없지만 엄마한테 물어볼게 이모, 나의 대답은 고작 그거였다. 그런데 뜻밖에도 나는 백화점에서 금이 언니를 만났다! 그건 순전히 우연이었다. 이모를 따라 에스컬레이터에 올라타고 손잡이를 잡았을 때 옆에 금이 언니가 서 있었다. 눈이 마주치고 서로를 알아보자 누가 먼저랄 것도 없이,

"언니!"

"꼬맹아!"

하고 우리는 너무나 반가워 소리를 질렀다.

이모가 누구냐고 물었다. 옆집 언니라고 대답하자 이모가 아! 은행나무집 따님? 알아보겠네, 그러면서 미소를 지었다. 에스컬레이터에서 내린 우린 손부터 마주 잡았다. 한참 동안 나를 쓰다듬으며 서 있던 언니가 목 메인 소리로 물었다.

"우리 집 은행나무는 잘 있니?"

나는 고개를 끄덕이며 눈에 눈물이 고이는 것을 느꼈다. 태일 오빠가 밤마다 술 먹고 취해서 목 놓아 울며 언니를 부른다고 하자 언니는 아무런 말도 하지 않았다. 헤어질 때 언니는 태일 오빠한테 자기를 만났다는 말을 하지 말라고 부탁했다. 그러나 집에 돌아온 나는 제일 먼저 태일 오빠한테 뛰어갔다. 금이 언니는 며칠 후 태일 오빠에게 붙잡혀서 돌아왔다. 태일 오빠네 어머니가 펄펄 뛰며 당장 내쫓으라고 난리를 쳤다.

"젊은 것이 집 나가서 무슨 짓을 하고 돌아다녔는지 어떻게 알아. 당장 내 집에서 저 더러운 것을 내쫓아!"

"부모 밑에서 고이 자랄 때는 내가 반자했지만, 제 맘대로 집 나가 나돌아다닌 것 나는 못 봐!"

우리 엄마 아버지까지 태일 오빠네 어머니에게 사정사정하여 겨우 언니는 받아들여졌지만 엄마는 저 속에서 금이 언니가 어떻게 살지 걱정을 했다. 그런데 금이 언니네 아버지가 딸의 소식을 듣고 찾아왔다. 그는 태일 오빠네 어머니에게 지난날 태일 오빠에게 불 쌍것이라고 한 것을 사죄하고 딸을 정중하게 부탁하는 한편, 이제라도 예를 일러 주어 정식으로 부부가 되게 해 주자고 제의했다. 그날 밤 금이 언니네 아버지는 우리 집에 머물며 우리 엄마 아버지와 많은 이야기를 했는데, 부모님은 그의 하소연까지 들어야 했다.

"새끼가 뭔지 금이 년이 눈에 밟혀서 하루도 맘 편히 살지 못했구먼요."

"그렇지요 오죽했겠어요."

"새끼들이 부모 심정 반에서 반만 알아도 효자라고 한다잖아요."

엄마는 눈물을 닦으며 애매한 나에게 괜히 눈을 흘겼다. 그즈음 나는 오빠들처럼 이모네에 보내 달라고 조르는 참이었다.

언니네 은행나무가 노랗게 물든 잎사귀들을 툭툭 떨어뜨리던 늦가을 날 태일 오빠와 금이 언니가 결혼식을 올렸다. 그들의 결혼식은 눈물바다였다. 신부인 금이 언니도 울고 신랑인 태일 오빠도 울고, 딸의 손을 잡고 입장한 금이 언니 아버지도 울었다. 그들을 축복하러 참석했던 우리 가족도 눈물을 흘렸고 태일 오빠 어머니의 눈에서도 분명 무언가 반짝이는 것이 보였다. 믿어지지 않았지만 태일 오빠 어머니도 눈물을 흘렸던 것이다. 그날부터 태일 오빠는 은행나무집 사위라고 불리게 되었다.

결혼식을 올린 후 금이 언니 아버지는 은행나무를 몇 번이나 쓰다듬어 보고 고향으로 돌아갔다. 태일 오빠의 어머니는 엄한 것은 여전했지만 금이 언니에게 예전처럼 끔찍한 시집살이는 시키지 않았다. 도리어 금이 언니를 아끼고 위해 준다고 했다.

그들은 함께 살던 동네를 떠났지만 여전히 우리에게는 은행나무 집 딸과 사위로 통한다. 변함없이 나의 친정집과 친분 관계를 지속하며 아들딸 삼 남매를 두고 잘 살아왔다. 세월이 흘러 나도 결혼하고 애 엄마가 되는 과정을 지나 이제는 장성한 자녀를 두었다. 태일 오빠와 금이 언니, 나도 이제는 젊지 않다. 그러나 세상을 버리기에는 아직은 아까운 나이에 느닷없이 태일 오빠는 영영 가버린 것이다. 나는 부랴부랴 태일 오빠의 장례식장을 찾아갔다. 오빠의 영정이 보였다. 나는 물끄러미 오빠의 얼굴을 바라보다가 눈물을 흘렸다.

"누구지?"

"한 동네서 같이 자란 친동생 같은 애여요."

내 귀에 수군거리는 소리가 들렸다. 나는 마음을 수습하고 비로소 예를 갖추었다. 오빠의 영전에 묵념을 하고 돌아서서 상제들과 마주한 나는 젊은 날의 태일 오빠의 모습 그대로 빼어 닮은 오빠의 장남을 보자 또다시 가슴이 메어왔다.

"이리와."

금이 언니가 나를 이끌었다. 얼마나 울었던지 늙은 얼굴이 퉁퉁 부었다. 옛날 예쁘고 곱던 모습은 찾아볼 길이 없다.

"좀 드세요."

소복을 한 젊은 색시들이 음식을 차려준다.

"얘가 큰 며느리고 얘가 둘째야. 친이모나 다름없는 분이다. 인사들 해."

나는 수줍은 얼굴로 인사를 하는 얼굴들을 보며 이제는 금이 언니도 어엿한 시어머니임을 깨닫는다.

"너희 애들도 결혼할 때가 되었지?"

내가 미처 대답하기도 전에 언니는 또 말을 했다.

"나 제정신 아닌 것 같니? 맘을 굳게 먹으려고 해도 잘 안 된다."

나는 언니의 손을 잡았다. 언니는 말했다.

"괜찮아 인생이 그런 거 아니니. 어차피 같이 갈 수는 없잖아. 먼저 가고 조금 있으면 나도 따라가겠지."

인생을 통달했다는 투의 말투다. 나는 사위의 소식을 듣고 달려온 금이 언니의 아버지를 무려 몇십 년 만에 만났다. 금이 언니 아버지가 물었다.

"나 기억하겠어?"

"그럼요."

"네 부모님은 그래도 더러 만날 일이 있었는데 너는 정말 오랜만이구나."

"건강은 어떠세요?"

"그럭저럭 유지하지. 자식들 잘 살기만 바라고 살았는데…"

그는 아픈 한숨을 내쉬었다.

"거기 은행나무 생각 안 나니?"

"어떻게 생각이 안 나겠어요."

노인은 맞아 하면서 조금 웃었다. 그때 금이 언니가 옆으로 다가왔다. 두 사람의 늙은 얼굴은 신기하도록 닮아 보였다.

8호실

누군가 가까이 온다. 정적에 잠겨있던 공간에 발소리가 울린다. 약간 끌면서 걷는 폼이 은 마담이다. 그런데 오늘은 다른 날보다 엄청 이르다. 언제나 알바생 최진희 양이 1번으로 출근해서 맨 처음 여기 특8호실에 들어와 청소를 말끔히 한다. 물론 돌아가며 다른 룸도 청소를 한다.

그다음 이 건물 주인이며 스타노래방의 실질적 주인인 장 사장의 아들 장두병이 어슬렁거리며 나타난다. 두병은 TV를 켜고 소파에 누워 뒹굴다가 잠들곤 한다.

그다음에야 비로소 경영자인 은 마담이 출근한다. 두병은 은 마담이 나타나면 쳇! 못마땅한 소리를 먼저 낸다. 그리고 느릿느릿 일어나 나간다. 그는 새어머니인 은 마담을 별로 좋아하지 않지만 어떻게든 비위를 맞추려고 애쓰는 것이 보인다. 어머니 나오셨어요? 피곤하시죠? 아부성 발언도 한다. 쳇! 하던 억양과는 판이하게 다른 목소리다. 은 마담이 묻는 말에 네, 네 지나칠 정도로 굽실거리며.

모두들 8호실에 들락거리길 좋아한다. 8호실에는 천정에 고급 샹들리에가 달렸고 또 대형 스크린 모니터가 TV 겸용이다. 성능 좋은 음향기기를 갖추었다. 다른 룸보다 세배는 더 크고, 푹신한 물소가죽 소파가 놓여있다. 소파라지만, 여느 싱글 침대 못지않게 널찍해서 두병은 이곳에 들어와 한숨 자기가 일과이다. 뿐이랴 다른 룸에 없는 냉장고도 있다. 언제나 양주를 비롯해 각종 비싼 음료가 가득 채워져 있다. 수입 대리석 바닥에다 소파가 놓여있는 부분은 양탄자가 깔려있다. 사방 벽 윗면은 검은 조각 거울로 장식해 화려함을 더해 주었다. 거기에다가 빼어난 미모의 여인이 8호실 고객을 위해 불려온다. 말이 노래방이지 특 8호실은 이를테면 룸살롱이다.

출근 순위 3번인 은 마담이 어째서 오늘은 제일 먼저 왔을까? 은 마담은 이내 8호실로 들어온다. 소파에 털썩 주저앉더니 코부터 풀어재낀다. 울었나? 냉혈동물이? 왜?

언젠가 은 마담은 남편 친구인 윤제철과 이방에서 꽤 오래 머물렀다. 그때도 이른 시간이었다. 대낮부터 음악을 틀어 놓고 글라스에 양주를 따르며 두 남녀는 맘껏 분위기를 잡았다. 시시

덕대던 윤제철이 "은 마담도 이제 나이 드네." 한마디 하자 웃음을 머금고 있던 은 마담의 눈이 순간 번쩍 빛났다. 아주 차갑게. 윤제철은 혀 꼬부라진 소리를 하는데 그녀는 조금도 취해 있지 않았다. 어떻게 그럴 수가 있을까 같이 마신 게 분명한데? 하지만 눈빛은 살벌한데 목소리는 여전히 달콤했다. "그러니까아, 더 늙기 전에 자기가 우리 영감 만나게 해줘서 내가 이렇게 두고두고 고마워하잖아"하면서 은 마담은 윤제철에게 입을 쪽! 맞춘다.

세상에! 남편 친군데. 더 가관인 것은 윤제철이다. 은 마담을 마음대로 주무르면서 어린아이처럼 보챈다.

"맨날 나 몸만 달게 하지 말구 우리 연애 좀 제대로 하자구."

은 마담은 요염한 미소를 띠우며 더 이상 가면 안 된다고 한다. 그 소리에 윤제철이 시무룩해진다.

"왜 안 돼?"

"골 아파져, 아쉬워도 이대로가 좋아."

은 마담은 윤재철을 달래며 문을 활짝 열어젖힌다. 이제 그만 가버려 하듯이. 윤제철을 쫓아 보낸 은 마담은 냉정한 목소리로 욕을 퍼붓는다.

"흥! 웃겨! 날 만만하게 본 모양인데 어림도 없지. 내가 이래봬도 지조 있는 여자야!"

그녀는 냉혈동물이다. 1번 출근자 알바 최진희 양에게 청소를 시키면서 아들 두병을 조심하라고 단단히 이른다. 그 녀석한테 당한 알바가 몇 명인지 몰라! 너도 조심해. 나중에 울고불고 하지 말고. 최진희 양은 거북한 이런 내용의 대화를 매우 싫어한다. 두병에 관한 정보는 사실이긴 하지만 은 마담의 진술은 좀 왜곡된 바가 있다. 사실은 몇 명이 아니고 지난번 알바생과 사고를 쳤다.

그러니까 꼭 한 번이다. 못된 것부터 먼저 배운 여자 알바생이 부잣집 아들인 두병에게 나름 꼬리를 친 거다. 나 아직 양주 못 먹어봤는데, 양주 맛 한 번 보여 줄래요로 시작해 술이 얼근해지자 자진해서 두병의 품에 안겼다. 이 특8호실에서. 계집애가 먼저 유혹을 했으니 두병이 책임을 질 리가 없다. 그걸 갖고 두고두고 과장해서 입에 올리는 은 마담이다.

한참을 울던 은 마담이 냉장고를 연다. 호! 술? 아무리 속상해도 혼자 술 먹는 건 본 적이 없는데. 아니나 다를까 그녀는 냉수를 꺼내 벌컥벌컥 마신다.

"난 저를 낳아 준 에민데."

한마디 하더니 또 눈물을 죽 흘린다. 거울을 보며 자신에게 중얼거린다.

"내가 낳은 딸년한테 채이고 오다니, 이게 몇 번짼가. 나쁜 년! 아니 나 안 닮은 기특한 년인가?"

은 마담에게는 먼저 남편과 낳은 딸이 하나 있다. 언젠가도 한바탕 넋두리를 했었다.

사연은 이랬다. 은 마담은 일찌감치 유흥업에 뛰어들어 이 8호실 같은 특실의 주인공이었다. 인물 좋은 은 마담을 두고 모두 귀티가 난다고 아부했다. 절대로 유흥업에 종사할 얼굴이 아니고 사장 부인상이라고. 누구나 고울 때가 있지 않은가. 그러나 자아도취에 빠진 은 마담은 자신이 특별한 미모의 소유자임을 믿어 의심치 않았다. 하긴 그녀의 어머니도 소문난 미인이었다니까.

그러나 미인도 나이를 먹는다. 괜히 재다가 혼기를 넘기고 초조해진 은 마담에게 사랑이 찾아왔다. 이마저 놓치면 안 되겠다는 절박함 때문에 외면하지 못했다. 그래서 꼭 잡기로 했는데 하필 유부남이었다. 청천벽력이 바로 그런 경우가 아니겠는가. 고민고민 끝에 비록 유부남이지만 은 마담은 사랑을 믿기로 했다. 또 빼어난 미모의 소유자인 자신에게 버림받는 조강지처 따위가 대적이 될 수 없다는 오만도 한몫했다. 그러니까 스스로 무덤을 판 거다.

처음 인사 간 날 시어머니는 대놓고, 내어 쫓은 며느리보다 뭐가 더 낫냐고 오히려 쫓겨난 쪽이 더 잘났다고 외쳤다. 은 마담으로선 자존심이 무너지는 순간이었다. 그래서 아예 시댁과 인연을 끊고 살았다.

시작을 요란하게 장식했지만 그들은 서서히 몰락했다. 바람

피운 주제에 죄 없는 조강지처를 내쫓았다고 남자가 직장에서 사직을 강요당했다. 직장에서 쫓겨난 후 보란 듯 의류매장을 차렸는데 6개월을 못 넘기고 문을 닫았다. 이 과정에서 타격이 컸던지 남자가 뇌출혈로 쓰러졌다. 풍을 맞은 것이다. 중환자실 앞에서 은 마담은 비로소 후회했다. 자신이 갖고 있던 돈마저 몽땅 쓸어 넣은 의류매장이 망한 데다 남자는 쓰러졌으니 살길이 막막할밖에. 전처소생의 남매와 자신이 낳은 딸 그렇게 애들 셋은 어리고 길은 멀고도 멀어 아득한 생각이 들었지만 그래도 은 마담은 이를 악물었다. 어떻게든 열심히 살아보리라고. 그러나 불륜의 사랑은 지키기가 만만하지 않았다. 어느 정도 회복해서 퇴원한 남편이 돌변했다. 삼시 식사 때마다 까탈을 부리고 은 마담을 들볶았다. 그뿐 아니라 어디서 담요를 가져와서 그것만 덮는 게 아닌가. 처음엔 영문을 몰랐는데 그게 전처가 쓰던 담요란다. 눈이 뒤집혀 내다 버리라고 대판 싸웠다. 남편의 발병과 함께 다시 시누이며 시어머니가 왕래를 시작했는데 그들이 입방아를 찧었다. 막상 억울한 사람은 말 한마디 없이 물러났는데 남한테 못할 노릇한 주제에 그 사람 쓰던 담요도 못 봐준다나 뭐라나.

결국 아무리 고생해도 자신의 주제는 조강지처 이혼시킨 첩임을 깨달아야 했다. 은 마담은 남편에게 정이 떨어져 마음이 돌아서 버렸다. 얼마나 남편이 싫어졌던지 제가 낳은 아이조차도 꼴 보기 싫었다. 가세는 기울대로 기울었다.

전세를 사글세로 바꾸는 과정에서 은 마담은 집 보증금을 가지고 튀었다. 남편과 세 아이 그리고 짐을 늦가을 바람 부는 거리에 두고서. 가로챈 액수가 얼추 은 마담이 남편에게 건네주었던 금액이어서 뭐 그렇게 가책도 되지 않았다. 그래도 어떻게 그런 짓을 해치웠을까? 아무리 남편에게서 마음이 돌아섰어도 그렇지 제 새끼까지 길에다 팽개치다니. 다방 얼굴마담 생활로 복귀한 은 마담은 얼마 후 남편이 조강지처의 무릎을 베고 용서를 빌면서 죽었다는 소식을 들었다.

그때 은 마담은 뒤통수를 뭔가 세게 후려치는 충격을 받았다. 왜냐하면 은 마담의 아버지도 세상을 떠날 때 큰어머니에게 많은 눈물로 속죄했었다. 어머니와 자신이 2대에 걸쳐 똑같은 짓을 한 걸 깨달은 거다.

회한도 잠시 은 마담은 운 좋게도 돈 많은 지금의 남편을 만났다. 사람이 하도 좋아 보여 두고 온 딸을 이야기했더니 남편은 마침 아들 하나뿐이어서 딸이 평생소원이라 데려와도 좋다고 했다. 딸은 어느새 여고생이 되어 있었다. 수소문 끝에 딸이 다니는 학교를 알아내 찾아갔다. 딸과 은 마담은 핏줄 탓인지 첫눈에 서로를 알아봤다. 한참을 물끄러미 마주 바라보다가 딸아이가 홱 돌아섰다. 은 마담은 워낙 자신이 못된 짓을 했기 때문에 그럴 수 있다고 이해하면서 계속 찾아다니면서 딸과 몇 마디 주고받을 수 있었다.

딸에게서 큰엄마가 잘해 준단 말을 들은 은 마담은 절이라도 하고 싶을 만큼 전 남편의 조강지처가 고마웠다. 그러나 선뜻 찾아가지 못하고 벼르다가 마침내 본처와 대면을 했는데, 그 자리에서 은 마담은 심판을 받았다. 딸을 데려가겠다고 말하자 은 마담의 딸이 불려왔다. 오긴 왔는데 아이의 첫 마디가 "엄마 나 버리지 마"였다. 두 엄마의 눈이 마주치고 다음 순간 아이를 바라보자, 아이는 제 엄마인 은 마담에게 가버리라고 다시 소리를 질렀다. 결정적으로 아이는 은 마담 심장에 비수를 꽂았다.

이 여자 따라가면 언젠간 또 나를 길에다 팽개칠 거야! 그러는 게 아닌가. 그리고 본처와 끌어안고 엉엉 울었다. 기가 막혔다. 은 마담은 무어라 말도 못 하고 바라만 보는데 아이는 아예 쐐기를 박았다.

"이 여자가 나를 기르면 나도 아이 낳아서 길에다 버리는 사람 될지도 몰라! 엄마 나 그런 사람 되어도 괜찮아?"

그래놓고 길러준 엄마를 더 꼭 끌어안는 게 아닌가.

땅속으로 기어들어 가고 싶을 만큼 부끄럽고 아찔한 순간 은 마담의 머리에 떠오른 말은, "아! 이게 심판이구나"와, "저게 바로 기른 정이구나"였다. 생전 처음 냉혈동물 은 마담도 피눈물을 흘렸다. 그래도 딸을 단념하지 못한 은 마담은 여전히 딸을 만나러 다닌다. 만나고 와선 으레 혼자 울면서 한바탕 신세

한탄을 하는 거다.

양주를 꺼내든 은 마담은 겨우 한 모금 마시고 도로 냉장고에 집어넣고는 이내 코를 골며 잔다. 다시 8호실 안이 고요해진다. 스타노래방은 정적에 잠긴다. 지상 위 꽃가게며 제과점 건축사를 비롯한 세무사 법무사 등의 사무실이 빼곡히 들어찬 1, 2, 3층은 정신없이 바쁜 한낮이다.

최진희의 발소리는 경쾌하다. 사뿐사뿐 걸어와 열쇠로 문을 열 때도 다른 사람과는 사뭇 다른 소리가 난다. 찰칵! 마치 곡조 있는 음악 소리 같다. 은 마담의 문 여는 소리는 개운하지가 않고, 한 번에 열지도 못하고 더듬는다. 장두병의 문 여는 소리는 답답하고 묵직하다. 열쇠를 돌리는 소리까지 확연한 차이가 있다는 걸 본인들은 미처 모를 거다.

진희는 지금 청소 중이다. 대부분 그때그때 잘 치워서 특별히 지저분한 곳은 없다. 그래도 대걸레로 바닥을 먼저 닦고, 룸의 문을 활짝 열어젖히고 환기를 한다. 향수도 뿌린다. 연방 젖은 걸레와 마른걸레를 들고 다니며 닦아댄다. 룸을 돌아다니다가 특실에 오면 냉장고를 열고 점검을 한다. 언제나 하는 일이다.

뭐해? 누군가 묻는다. 깜짝 놀란 진희가 뒤돌아보자 특실을 가장 많이 애용하는 뛰어난 미모의 조애리 양이 화려한 미소로 서있다.

“어머! 언니 언제 왔어요?”

"방금, 은 마담 언니가 오늘 일찍 오라고 연락을 해서."

일상적 인사를 주고받은 후 진희가 커피 한 잔? 하고 묻는다. 응, 냉으로 부탁해. 조애리는 언제나 냉커피를 선호한다. 이젠 날씨가 선선한데 따뜻한 것으로 하라는 진희의 배려에 애리는 표정 없이 대답한다. 난 차가운 게 좋아. 진희가 맑게 웃는다. 아마 언니 속에는 뜨거운 열이 있는 모양이지요? 애리는 피식 웃으며 뜨거운 열 정도가 아니라 활화산이 있단다, 하는 대답을 입속으로 삼킨다.

애리는 열려진 창문 쪽으로 눈을 준다. 쪽빛 가을 하늘이 드넓게 펼쳐져 있다. 스타노래방은 건물 사이에 있는 지하인데 어떻게 하늘이 다 보이누? 이게 아마 지하가 아니라지요? 지하가 아니면? 밖에서 보기엔 지한데, 원래 지하가 아니래요. 애리는 별로 듣고 싶지 않다. 진희가 알바로 오기 훨씬 전부터 특실 멤버인 그녀는 8호실에 추억이 많다. 글라스에 얼음을 넣은 커피를 가져다주고 진희는 맞은편에 앉는다. 그러면서 생각한다. 벌써 오늘 영업 시작인가?

"최 양은 여기 꽤 오래 있네? 다른 알바들은 얼마 못 견디던데."

애리가 칭찬처럼 말한다.

"어디 갈 데가 있어야지, 아시잖아요? 요즘은 범생 수난시대니까요."

"하긴 그래."

좋은 직장에 취직을 못 해 노래방 알바를 할망정 진희는 아직도 풋풋하고 청초하다. 그런 진희의 얼굴을 보며 애리는 생각한다. 나도 저런 때가 있었는데. 마주 앉아 있어도 그들의 업무는 하늘과 땅이다. 진희는 열 시면 칼퇴근이다. 보수가 적어서 그렇지 오후 네 시에 출근해서 열 시에 퇴근이면 그래도 할 만하지 않을까.

진희만 할 때 애리는 법무사 사무실 직원이었다. 먼저 노래방 도우미로 뛰고 있던 여고 동창 수아가 수입이 꽤 괜찮다고 손을 내밀었다. 주저하다가 그 손을 잡은 건 동생들 때문이다. 처음엔 두 직업을 다 가지고 있었으나 결국 도우미로 오늘까지 왔다. 애리의 부모는 애리에게 두 동생을 맡기고 진작 하늘나라로 갔다.

애리는 부모 결혼 5년 만에 태어난 귀한 딸이다. 아이가 생기지 않아 이혼하려던 엄마 배 속에 애리가 꿈틀대고 있었다. 부모가 극적으로 화해한 건 물론이고, 이혼을 막았다고 친할머니 외할머니의 지극한 사랑까지 누렸다. 복덩이! 복덩이! 소리 들어가며. 애리가 열 살 되던 해 여동생이 태어날 때까지도 그녀의 복은 지속되었다. 그러나 애리가 열다섯 살 때 남동생이 태어나면서 그녀의 고난이 시작되었다.

노산 탓인가 건강이 급격히 악화된 엄마는 자리보전을 해버렸다. 애리는 학교 다니며 엄마 역할까지 해야 했다. 애리를 노상 안고 업고 다니던 아버지는 이때부터 겨우 열다섯 살인 애리를 다 컸다고 여겼는지 안 시키는 일이 없었다. 오죽하면 학교 숙제할 시간조차 없었을까. 견디다 못한 애리는 툭하면 H시에 있는 외할머니 집으로 도망쳤다. 아버지가 사고 나던 날도 애리는 외할머니 집에 갔다. 애리를 데리러 오던 아버지의 화물차는 중앙선을 침범하고 작은 야산을 들이받았다. 아버지는 그 자리에서 사망했다. 애리는 두고두고 아버지가 나 때문에 돌아가셨다고 자책했다. 그래선지 동생들을 향한 책임감이 유난히 강하다. 겨우 버티던 엄마도 애리가 고3 때 하늘나라로 가버렸다. 대학은 꿈도 못 꾸고 법무사 사무원이 되었지만 쥐꼬리 월급 가지고는 생활도 버거웠다. 동생들 학비 때문에 고민하는 애리에게 일찌감치 노래방 도우미로 뛰고 있던 동창생 수아가 속삭였다. 일은 요령껏 하면 되고 수입이 꽤 돼.

예쁜 소녀였던 애리는 따라다니는 남자애들도 많았다. 그중 동갑내기 준혁이가 있었다. 준혁은 애리네 어려운 일 있을 때마다 발 벗고 나서서 도와주었다. 스물일곱 살 때 준혁이가 결혼하자고 했으나 애리는 동생들 때문에 망설였다. 준혁은 한동안 보이지 않더니 어느 날 얼굴이 핼쑥해서 나타났다. 바로 이 8호실에서 마주 앉은 준혁이 말했다. 나 결혼해. 한동안 말없이 마주 보다가 애리가 먼저 울기 시작했다. 준혁도 따라서 눈물을 흘렀다. 사귄 지 몇 년인가. 정이 들 대로 들고 이미 부부나 다름 없는 사이이건만.

애리가 서럽게 울자 준혁이 애리 옆으로 왔다. 울지마, 애리야 차라리 나한테 욕을 하고 나를 때려. 준혁아 가지마아 다른 여자한테 가지마아. 애리는 목구멍까지 치민 말을 삼키며 준혁의 품으로 파고들었다. 그들은 뜨겁게 포옹했다. 오랜 연인인 그들은 자연스레 다음 애정행위를 벌였다. 절대로 헤어지지 않을 것 같이.

결국 준혁은 제 갈 길로 갔다. 그 후 같은 K시에 살고 있음에도 소식이 끊어져 버렸다. 준혁의 집안에서 노래방 도우미 하는 애리를 결사반대했다고 한다. 집안의 반대? 아니야. 사랑이 진심이 아니었기 때문이야. 애리는 8호실에 들어올 때마다 준혁 생각이 나면 그렇게 중얼거린다. 몇 년의 세월이 지났어도 준혁의 기억은 아프다. 애써 준혁의 사랑을 거짓이었다고 단정한다.

"언니!"

진희가 부른다.

"막간을 이용해서 한 시간만."

"응? 벌써 손님 왔어?"

애리는 진희의 부탁을 거절하지 못하고 작은 룸에 들어간다. 1대1은 도우미 모두가 피하는 일이지만 요즘은 불황이 심해 그나마도 없어 못 한다. 그러나 애리는 뛰어난 미모와 늘씬한 체격, 세련된 모습으로 일찌감치 은 마담 관리 아래 있다. 브이아이피 고객으로부터 개인적인 연락을 받기도 한다.

약 한 시간 경과 후 애리는 8호실로 돌아왔다. 뭔가 화가 난 것 같다. 냉장고를 열고 물을 꺼내 벌컥벌컥 마신다. 밖에서 누군가 떠드는 소리가 난다.

"야! 아까 걔 어딨어? 뭐? 갔어? 정말 갔어?"

애리의 얼굴에 신경질이 지나간다. 옷매무새를 가다듬고 미친! 하고 중얼거린다. 술 냄새가 폴폴 난다. 언젠가 수아와 영아, 도우미와 함께 이 방에서 단체 손님 접대를 했다. 그때도 사람들은 애리를 서로 차지하려 싸웠다. 수아는 가창력이 뛰어나 여느 가수 못지않게 노래를 잘했지만 애리 인기엔 어림없었다. 웬만큼 예쁜 편인 영아도 애리를 따를 수 없었다. 수아와 영아는 애리 등 뒤에서 눈에 날을 세웠다. 매우 절친한 사이가 분명한데도.

애리의 단골 중에는 K시의 준재벌급 인사인 이명우도 있다. 그는 초대면 때부터 애리가 탤런트 누구와 닮았다며 거의 광팬이 되어버렸다. 이명우와 만나는 날은 애리의 얼굴이 환해진다. 아! 부자가 좋은 거구나! 새삼 알게 해 준 이명우다. 이명우는 만날 때마다 애리가 거의 한 달쯤 뛰어야 만질 수 있는 금액을 쥐여준다. 그래서 이명우의 콜을 받을 때는 다른 일은 아예 하지 않는다.

진희가 들어왔다. 언니 화났어? 미안해요. 잠시 대답이 없던 애리는 작게 괜찮아한다. 그 손님 갔어? 네. 마음이 놓였는지 비로소 애리는 욕을 한다.

"아우 개 같은… 나 보구 같이 나가자는 거야. 싫다 그랬더니 별 욕을 다 하더라구. 아주 손이 발이 되게 빌었네. 제 말 안 들음 신고한다고 막 협박하잖아."

진희의 얼굴이 딱해진다. 아이참 오늘은 왜 사장님이 늦으시는 거야… 능수능란하게 손님들을 주무르는 은 마담이 간절히 기다려진다. 두병 씨는 툭하면 손님이건 뭐건 싸우자고 덤비기나 하고 사장님이 나오셔야 할 텐데.

기다리기는 애리도 마찬가지다. 이명우가 안 온다. 약속이나 하지 말든지. 오늘은 영— 꽝인가? 그냥 집에 들어갈까? 잠시 갈등한다. 언니 손님 오셨어요. 어느새 카운트에 복귀한 진희가 인터폰에 대고 속삭인다. 손님 누구? 이명우 아닌 다른 사람은 별론데. 이윽고 특실 문이 열리더니 이명우가 얼굴 가득 웃음을 머금고 들어선다. 애리의 얼굴이 환해진다. 벌떡 일어나 달려가 안긴다. 품에 들어오는 애리를 안아주며 이명우는 속삭인다. 우리 예쁜이 잘 지냈어? 보고 싶어서 혼났네. 애리 연배의 딸도 있을 나이건만 스스럼없이 포옹도 하고 키스도 한다. 똑똑 노크 소리가 나자 둘은 떨어진다. 은 마담이 과일이며 얼음 컵을 담은 쟁반을 들고 들어온다. 분명 조금 아까도 출근하지 않았는데, 아마도 이명우가 떴단 소식에 달려왔으리라.

"즐거운 시간 되세요, 잘 모셔라!"

짙은 화장에 귀고리가 번쩍인다. 이명우와 공손한 인사를 주고받은 은 마담이 퇴장하자 이명우는 짜증스럽게 중얼거린다.

"어이구 주책. 안 나서는 게 나을 텐데."

나름 최고의 대접이라고 직접 안주를 들고 왔겠지. 한때 전성기 시절엔 먹혔겠지만 폭삭 삭은 지금은 오히려 역효과다. 딱하게 아직도 현실을 깨닫지 못하는 은 마담이다. 식상한 얼굴로 이명우가 애리와 나란히 소파에 앉는다. 잠깐 밀담을 나눈 후 이명우는 급한 볼일이 있다고 다음을 기약하고 돌아갔다. 애리는 속상하다. 오늘은 안 풀리네. 이명우가 준 돈을 지갑에 넣은 애리는 인터폰에 대고 나 여기서 좀 쉬게, 속삭인다. 분명 들어오면서 카운트에 대가를 충분히 지불했음을 알기 때문이다. 바쁜 시간에 은 마담은 무슨 내용인지 남편과 휴대폰으로 정신없이 통화하더니 밖으로 나가버렸다. 진희는 감히 어디 가느냐고 묻지 못한다. 걱정스럽게 쳐다볼 뿐이다. 내가 있잖아 두병이 으스댄다. 손님이 들어왔다. 아까 애리를 피곤하게 했던 그 사람이다. 돈을 얼마든지 낼 테니 아까 그 아가씨를 불러 달랜다. 두병이 솔깃해한다. 아까 그 아가씨가 누군데? 애리? 결국 두병은 제 맘대로 손님을 안내한다. 특실에 손님이 들어오자 애리는 당황한다. 막상 애리를 본 남자는 사뭇 다른 태도로 접근해 온다. 아까는 미안했다면서. 사실은 스타노래방을 출입하는 애리를 전부터 봐왔다며 자신에 대한 오해를 풀고 싶어 다시 왔다고 했다.

그런대로 부드럽게 시간이 흘러갔다. 잠시 후 또 다른 손님들이 오고 스타노래방은 바빠진다. 진희도 두병도 바쁘게 음료를 나르고 정신없이 일하는 사이, 웬 여자 두 명이 이 방 저 방을 열어보고 다닌다. 그러다가 특실을 찔끔 열어 본 그녀들은 방으로 뛰어 들어간다. 마침 애리와 손님은 마이크를 들고 정답게 마주 보며 노래를 열창하고 있었다. 느닷없이 뛰어든 여자들은 다짜고짜 애리의 머리채를 잡아 흔들며 두들겨 팬다. 어디서 나타났는지 젊고 건장한 남자 두 명이 합세해 마구 집어 던지고 난동을 피운다. 놀란 두병과 진희가 뛰어갔을 때 애리는 맞다가 기절하고, 방안은 난장판이다.

그런 줄도 모르고 볼일을 보고 돌아온 은 마담을 보자 두병은 그새 있었던 일을 보고한다.

"어디 갔다 오셨어요? 난리가 났었는데."

"왜?"

가슴이 철렁한 은 마담이 다그치자 두병이 설명한다.

"뭐 남편이 요즘 바람이 난 거 같아서 뒤를 밟았대나, 애리를 남편 애인인 줄 알고 마구 두들겨 패서 애리가 기절을 했지 뭐예요."

"세상에! 뭐 그런 것들이 다 있어?"

은 마담이 분해 어쩔 줄 모른다.

"제가 설명을 해도 잘 안 통하더라구요. 간신히 수습했어요. 애리는 병원에 가구요. 그런데 어머니! 너무 경황이 없어서 제가 계산을 못 받았어요."

순간 은 마담은 이성을 잃는다. 뭐야? 기물파손도 만만치 않을 텐데 계산을 못 받았어? 저 너구리 같은 녀석이 챙겨서 제 주머니에 넣고 거짓말하는 거 아냐? 단숨에 특실로 뛰어든 은 마담은 아수라장이 된 모습을 보고 입에 거품을 문다. 그 비싼 물소가죽 소파에 의자가 걸쳐져 있고 가죽이 쭉 찢어져 있다. 그뿐인가, 뿌려진 음료며 깨진 유리조각에 뒤엎어진 응접세트… 화려한 8호실은 처참하게 변모해있다.

무언가 말하려던 은 마담 머릿속에서 툭! 하는 소리가 나며 몸이 푹 고꾸라진다. 방 치우려면 한참 걸릴 텐데 중얼거리며 어슬렁어슬렁 걸어오던 두병은 쓰러진 은 마담을 보고 기겁을 한다.

119가 오고 한바탕 난리가 났다. 구급대원들은 환자를 보기 전 먼저 화려한 8호실을 보고 놀란다. 와우! 이게 바로 특실인가 봐!

부부

요즘 들어 부쩍 힘이 빠진 염만구 사장은 텔레비전에서 단풍이 절정이라는 뉴스를 보며 중얼거린다.

"남한산성에도 단풍이 들었나?"

얼마 전 새로 장가를 들인 두 아들이 아버지를 뵈러 왔다가 함께 저녁상을 기다리며 마주 앉아있다. 큰아들이 아직 덜 들었지 싶은데요 대답하며 아버지의 안색을 살핀다. 그때 새 며느리 둘이 시어머니 격인 양영희 여사와 함께 저녁상을 차려 들고 들어온다. 작은아들이 물었다.

"남한산성엔 왜요?"

양영희 여사가 염 사장을 우정 측은한 듯 바라보다가 막내 밥 먹어! 라고 부른다. 막내딸이 제 방에 있다가 건너와 아버지 염 사장 곁에 앉는다.

"큰애는?"

일단 화기애애한 일가족의 저녁식사 분위기가 연출되자 그 자리에 빠진 장녀를 챙기는 아버지 염만구 사장이다. 아직 안 왔다고 대답하며 양영희 여사는 다시 측은한 표정을 짓는다. 다분히 가식임을 스스로도 알지만 그럼 어떻게 해?

내일은 작년에 세상을 떠난 염 사장의 조강지처 도시랭댁 이화순 여사의 기일이다. 염 사장은 아들딸 들을 둘러보며 묻는다.

"누가 나 설악산에 데려다주련?"

가족들은 서로 마주 보며 선뜻 대답을 못 한다. 양영희 여사가 제가요 넙죽 대답하자 염 사장은 잠시 바라보다가 자넨 안 돼 한다. 아들딸들은 양쪽 눈치를 살피며 못 들은 척 밥만 먹는다.

'살았을 때 함께 설악산에 같이 못 간 것 땜에 마음이 아파서 그래. 자네가 거기 동행하면 그 사람이 아무리 바다 같이 맘이 넓어도 날 용서 안 할 거야.'

머릿속으로 이런 말을 떠올린 염 사장은 그만 수저를 놓는다. 일 년 전만 해도 도시랭댁은 살아 있었다.

염 사장은 번화가에 빌딩을 여러 채 가진 임대 사업자이다. 그러면서 재물을 가져다준 도살장을 놓지 못해 여전히 가죽장사를 하고 있다. 그의 창고에는 고품질의 가죽이 언제나 잔뜩 준비되어있다. 팔순을 바라보는 염 사장은 거의 서른 살이나 아래인 양영희에게 의류 매장을 경영하게 하면서 함께 살고 있다. 그는 엄연히 염만구라는 성명이 있음에도 불구하고 별명이 돼지이다. 재물이며 여자 그리고 식탐 등 욕구가 남다른 탓이었다. 그도 앞에서는 사장님 사장님 해도 뒤에서 돼지라고 부르는 것을 알고 있었다. 돼지. 염 돼지.

그날 아내가 위중하다는 연락을 받던 날도 염 돼지는 전날 늦게 잠자리에 든 탓에 늦잠을 자면서 꿈을 꾸고 있었다. 꿈속에서 그는 기차를 타고 갔다. 옆에 앉아 눈웃음치고 있는 여인과 이야기를 주고받았다. 여인은 낯이 익은데 누군지 정확히 모른다. 이 여자가 누굴까 의아해하면서 염 사장은 어쩐지 자리를 뜨지 못한다. 기적이 길게 울었다. 어디론가 가고 있는 모양인데 어디를 가는지 전혀 알 수가 없다. 그러다 염 사장은 문득 차창 밖을 내다보는데 놀랍게도 기차는 염 사장의 고향 마을을 지나고 있는 것이 아닌가. 눈에 익은 동구 밖이 스쳐 가고 유년 시절부터 발이 닳도록 걸어 다니던 신작로를 지나서 그리운 고향집이 눈앞에 다가왔다.

"어머니 아버지! 저 만구예요 만구가 왔어요!"

자신이 태어나고 자란 고향집 대문에다 대고 염 사장은 목이 터져라 외쳤다. 아니 외치려고 했다. 그러나 마음뿐 소리는 나지 않았다. 어떻게든 소리를 내려고 애쓰는데 염 사장의 눈에 한 여인이 보였다. 여인은 문 앞에 우두커니 서 있었다. 여인의 얼굴이 커다랗게 다가왔다.

"여보!"

그녀는 염 사장의 아내인 도시랭댁이다. 밤새도록 문 앞에 서 있었는지 머리에 하얗게 서리가 앉아 있다. 염 사장은 가슴이 뭉클하다.

"잠도 안 자고 기다렸어?"

그러나 도시랭댁은 들었는지 못 들었는지 허공을 슬픈 눈으로 응시할 뿐이다. 염 사장은 아내를 향해 손을 내젓는다. 다시 외치려는데 옆자리에서 누군가 그의 손을 잡으며 만류한다. 돌아보니 흰 소복에 머리를 풀어헤친 모습의 여인이다. 염 사장은 화들짝 놀라면서 잠을 깼다. 꿈, 꿈이었다.

"허참, 무슨 그런 꿈을 다 꾸나."

염 사장은 입맛을 다시며 옆에서 세상모르고 잠을 자고 있는 젊은 양영희를 내려다본다. 도시랭댁은 염 사장과 동갑이다. 나이가 나이인지라 여자로서의 접촉이 불가능했다. 그러잖아도 염 사장은 진작부터 이 여자에서 저 여자로 헤엄쳐 다녔다. 도시랭댁과는 말이 부부지 남처럼 살았다. 그런데 꿈에서 본 도시랭댁의 슬픈 눈이며 머리에 앉은 하얀 서리! 그것은 젊었을 무렵 염 사장이 아내를 애태울 때에 보았던 무지 맘 아픈 기억이다. 그럼에도 불구하고 그동안 까맣게 잊었던…

도시랭댁은 부모가 맺어준 조강지처로 고지식한 여인이다. 아직 유충한 스물 몇의 나이에 맞아들인 아내가 염 사장은 도무지 맘에 들지 않았다. 그래서 신혼의 단꿈이 채 깨기도 전부터 외박을 일삼았다. 진작부터 방랑기가 많은 염만구다. 그런 아들을 잡아두기 위해 맞이한 며느리가 제구실을 못 한다고 염만구의 부모는 애꿎은 도시랭댁을 타박했다. 그들은 지독한 가난으로 교육도 제대로 못 시킨 만구가 돈을 잘 버는 것이 놀랍고 신기했다. 남이 손가락질하는 백정 일이면 어떻단 말인가. 그런 아들이 혹시 어디론가 가버리면 큰일이다. 한편으로는 마음잡고 무던히 잘 살면 좋으나 며느리에게 경제권을 줄까 봐 염만구의 부모는 이만저만 염려되는 게 아니다. 그런 까닭에 죄 없는 도시랭댁을 항상 쥐 잡듯 했다.

비록 애착이 없었으나 좌불안석 아내의 처지를 잘 알던 염 사장이다. 그런 아내가 가끔은 가엾기도 했다. 말이 나왔으니 말인데 염 사장은 인정머리 없는 인간이다. 성품이 냉정하다 못해 사악할 정도로 이익에만 머리를 굴리는 생리를 가졌다.

어느 날도 염 사장은 장터 술집 여자와 배가 맞아 새벽에야 집에 돌아왔다. 별생각 없이 대문을 들어서는데 아! 거기에 도시랭댁이… 언제부터 서 있었는지 머리에 서리가 하얗게 앉은 몰골로 서 있다. 아무리 냉정한 염 사장이지만 아내가 너무도 가엾었다. 그 순간 아내를 꼬옥 안아 주었고 그로 인해 얼마간 마음을 다잡았다. 그리하여 딸 하나 아들 하나를 아내에게서 얻을 만큼의 세월을 보냈다.

그런데 염 사장에게 웬 행운인지 사업 운이 따라 주어 그는 아직 젊은 나이에 엄청난 부를 거머쥐었다. 하기야 제법 명석하기도 했다. 돈을 원 없이 주무르게 되자 제 버릇 개 못 준 염 사장은 마음에 드는 여자는 남의 유부녀라도 탐을 냈다. 하다 하다 심지어 도시랭댁 언니의 딸 즉 처형의 딸과 동거하여 그 몸에서 딸을 낳는 패륜도 저질렀다.

그렇게 못된 그에게도 첫사랑의 추억이 있었다. 초등학교 동창인 고향 동네 양조장집 박 부자네 무남독녀 보경이다.

보경은 고왔다. 동네에 다른 여자애들은 농사일에 묻혀 사는 까닭에 거칠었다. 아무튼 선녀처럼 희고 고운 살결과 마치 영화에서 보는 것처럼 예쁜 옷을 입는 그녀. 염만구는 어린아이로서는 살 수 없는 비싼 선물과 편지를 보냈다. 맹랑하게도 어린 그들은 어른들 몰래 만나서 데이트를 했다.

염만구는 그녀 때문에 어린 나이에 돈을 벌자고 결심했다. 초등학교를 졸업하자마자 과감하게 도살장에 뛰어들어 모진 고생을 했다. 죽을 만큼 고생을 했지만 성장기에 고기를 실컷 먹어서일까, 아니면 집안의 내력일까 만구는 체격도 우람하게 컸다. 야학이지만 중학교 과정도 했다. 그리고 배짱 좋게 스무 살 되던 해 보경의 부모를 찾아가 청혼을 했다가 퇴짜를 맞은 정도가 아니라 무시와 멸시를 당하고 돌아왔다.

상처는 꽤 컸다. 무서운 아이 만구는 이를 갈았다. 철저히 박 부자네 집 구조를 알아냈다. 그리고 박 부자네 가족들이 집을 비웠을 때 숨어들었다. 보경이 가정부와 둘이서 집을 지키고 있었다. 제 방에서 책을 뒤적이다 잠든 보경을 확인한 만구는 보경의 입에 재갈을 물리고 겁탈을 감행했다. 날이 밝도록 보경의 방에 머물던 만구는 만족한 미소와 함께 보경의 방에서 빠져나왔다.

보경은 제 부모에게 이를 것이고 소문나면 망신이었다. 어쩔 수 없이 박 부자가 두 손 들고 만구 자신을 사위로 맞을 줄 알았다. 그것이 만구의 계산이었다. 그러나 순전히 오산이었다. 박 부자네는 조용했다. 그러더니 보경의 혼인이 결정되었다. 초조한 만구는 어떻게든 보경을 만나려 했다. 야반도주라도 감행하고 싶었다. 그러나 보경은 만구를 만나 주지 않았다. 보경과의 접근의 틈도 주어지지 않았다. 결국 보경은 시집을 갔다. 만구는 많이 울면서 여자를 저주했다.

"여자보다 더 앙큼하고 믿을 수 없는 건 없다."

박 부자가 만구는 정말 탐나는 놈이었는데 백정이어서 유감이라고 했다는 소리를 후에 전해 들은 만구는 박 부자를 비웃었다. 그리고 여자를 절대로 믿지 않기로 결심했으며 그 결심을 일생동안 지키고 말았다. 애꿎은 피해자는 아내인 도시랭댁이었다. 염만구에게 시집이라고 왔다가 모진 시집살이를 했다. 시집살이뿐인가 자신의 소생뿐 아니라 이 여자 저 여자에게서 태어난 아이들까지 길러내며 희생한 그녀는 무슨 죄일까.

아내에게 일말의 가책은 항상 있는 염 사장이다. 왠지 아내 생각을 하면 가슴 한구석이 찡하니 아프고 자신이 미웠다. 세가 꽤 나오는 번화가의 상가를 아내 명의로 해주었다. 아내 소생의 남매는 훌륭히 장성하여 아들은 변호사가 되었으며 딸은 여의사가 되었다. 염 사장이 목에 힘을 더욱 주게 된 것은 물론이다. 수원댁이라는 여자가 낳은 셋째 아들도 무사히 대학을 졸업하고 요 근래에 취직을 했다. 그리고 처조카가 낳은 막내딸도 얼마 전에 대학에 들어갔다.

문제는 의사인 큰딸이 혼기를 놓쳐가면서 결혼을 미루는 것이다. 아버지 때문에 끔찍해서 결혼하고 싶지 않다고 했다. 세상만사 돈이면 다 되는 줄 알았다. 하고 싶은 거 다 하고 살았지만 결국 염 사장은 자신의 병적인 행각이 자녀들에게 지울 수 없는 상처를 깊이 심어 주었다는 것을 인정하지 않을 수 없다.

옆에서 자는 여자 양영희는 과거에 교편을 잡던 교사였다. 수원댁 소생의 아들이 문제를 일으켜 아버지인 염 사장이 학교에 쫓아간 일이 있었는데 그때 아들의 담임이다. 하필 그녀는 염 사장에게 빚을 진 조춘택이란 인물의 부인이기도 했다. 인연인가 그들은 여러 번 만나게 되었다. 그녀의 예쁘장한 외모와 교양 있는 태도에 염 사장은 처음부터 강한 흥미를 느꼈다. 무엇보다 희고 고운 피부는 아득한 첫사랑 보경을 생각나게 했다. 이제까지 염 사장의 재력에 굴복했던 여자들과는 사뭇 다른 분위기의 여자다. 우여곡절 끝에 그녀와 수년 밀회를 하고 결국 그의 남편에게 위자료를 듬뿍 주어 이혼시켰다. 그렇게 함께 살아 온 지 벌써 여러 해다. 그녀는 칠순의 염 사장 보다 거의 삼십 년이나 젊다. 이제 나이도 있으니 더 이상의 다른 여자는 찾지 않기로 했다. 양영희와는 끝까지 함께 가리라 작정했다.

생각지도 않던 옛날 일을 꿈꾸고 어쩐지 염 사장은 마음이 편하지 않다. 이따 집에 가봐야겠구먼 염 사장은 주억거린다.

양영희가 잠을 깼다. 우두커니 앉아있는 염 사장을 보면서 그녀도 일어나 앉았다. 많은 여자를 겪었지만 양영희 같이 염 사장 비위에 맞는 여자는 없었다. 말하고 행동하는 게 여간 엽엽한 것이 아니다.

"어제 따님한테서 전화 왔었는데 제가 깜박하고 말씀 안 드렸어요."

"큰애한테서?"

"네 사모님이 편찮으시다고요. 죄송해요 바로 말씀드려야 하는데."

염 사장은 어쩐지 불안한 생각이 들었다. 아내가 어지간히 아파서는 연락을 하지 않았을 텐데. 처조카인 막내딸의 생모와 일이 터졌을 때 아내는 미치다시피 했다. 그 후 아내는 말이 없어졌다. 굳이 염 사장과의 대화가 필요할 때면 아이들을 통해서 했다. 철면피 염 사장도 다소 아내에게 미안한 감이 있다. 그러나 사실 일을 그 지경으로 몰고 간 것이 염 사장 탓만은 아니다. 꽤 재미가 쏠쏠하대서 신축 건물에 가구점을 차리고 경리로 하는 일 없이 지내던 처조카를 불러다 쓴 게 화근이다. 어떻게 된 아이가 염불에는 마음이 없고 잿밥에만 마음이 있다고 천하의 염 사장에게 꼬리를 쳤다. 도덕이나 윤리를 배워서 다 지키고 사나? 도덕관념이 없는 중증 도덕 결핍증은 인류 역사의 슬픈 내력이 아니었던가. 가구점에 딸린 방에서 그들은 동거했다. 이윽고 처조카의 배가 불러오고 아이를 낳게 되자 눈이 뒤집힌 손윗동서, 즉 처조카의 아버지가 때려죽인다고 입에 거품을 물었다. 그랬어도 결국 처조카는 염 사장의 딸을 낳았는데 더욱 기가 막힌 일이 생겼다. 그 지경이 되어 자신의 첩살이를 시작한 처조카가 싫어진 것이다. 결국 아이의 젖을 떼면서 위자료를 주어서 헤어져 버렸다. 아이는 당연한 것처럼 염 사장 아내의 차지가 되었다. 자리보전하고 식음을 전폐했던 아내는 일절 말을 하지 않고 아이를 받아들였다. 아직 젊었을 때는 염 사장의 엽색행각으로 많이 고민하고 빌기도 하고 바가지도 긁었다. 물론 염 사장은 눈도 꿈쩍하지 않았지만. 끝없는 염 사장의 파렴치에 지쳐버린 아내는 결국 모든 것을 체념해 버렸다.

긴 세월을 돌이켜 보면 아내는 이름뿐이다. 아내가 아프다고 그렇게 안타까워할 염 사장이 아니다. 만일 안타깝고 애가 탄다면 염 사장이 아니지. 그러나 꿈에서 본 아내의 슬픈 눈빛이 걸린다. 염 사장의 무감각한 심장이 아주 조금 자극을 받았다.

염 사장은 양영희에게 집에 갔다 온다며 차에 오른다. 염 사장이 집에 갈 때는 명절이나 제사 때이다. 망나니 염만구도 그 때만큼은 가정에 돌아가 가족과 함께했다. 일종의 규칙이랄까

아이들이 거실에서 무언가 의논하고 있다. 안방에 들어서려고 걸음을 옮기던 염 사장이 물었다.

"엄마, 좀 어떠냐."

큰딸 애가 아버지를 쳐다보지도 않고 그러나 공손하게 들어가 보라고 대답했다. 아내는 누워있다.

"어디가 불편한고?"

아무 대꾸가 없다.

"아프면 병원에 가잖구."

그래도 여전히 아내는 대꾸가 없다. 누워있는 도시랭댁의 머리맡 문갑 위에는 효부상이라고 적혀있는 표창패가 여러 개 놓여있다. 여자로서의 자존심도 아내의 자리도 포기하고 오직 며느리와 어머니만으로 살아온 그녀이다.

아내는 염 사장이 언성만 높여도 벌벌 떨었다. 평생 큰소리 한번 쳐보지 못하고 남편에게 순종만 했다. 그러면서도 시부모

에게 효성을 다했다. 제 부모라지만 부모의 성정을 어떻게 모르랴. 인정머리 없는 자신의 부모를 잘 섬겨준 것이 염 사장은 고맙다. 그 보답으로 아내를 위해서 무언가 한다고 하기는 했다. 피 같은 재산을 나누어 주었으니까.

갓 스물에 염만구에게 시집온 도시랭댁은 나이 육십이 되도록 사십 년간 시집살이를 했다. 염만구의 부모는 명줄도 길었다. 그들은 차례대로 중풍을 맞았다. 자리보존을 하면서 불편한 육신을 이끌고 오래도록 버티었다. 그런 시부모를 성심으로 섬겨 동네 사람들의 칭송을 받은 도시랭댁이다. 아마도 도시랭댁만이 할 수 있는 일이었을 것이다.

도시랭댁의 시어머니는 며느리 입에 밥 들어가는 것도 아까워했다. 혹독한 시집살이였다. 말년에는 염치도 좋게 중풍과 치매로 짐이 되어 매달렸다. 임종 시에 어떻게 정신이 들었는지 시어머니는 도시랭댁에게 말했다.

"고맙다. 네가 정말 내 며느리다."

언제나 사업상 바쁜 염만구가 그 자리에 있었다. 철면피 염 사장의 가슴이 뭉클했다. 수고했다 라던가, 그냥 고맙다만 하지 않고, 네가 정말 내 며느리라니. 아들이 여러 여자를 거느렸어도 정말 며느리는 너라는 뜻일까? 이젠 정말 마음을 정하고 아내와 가정을 지켜야겠다고 염만구는 마음먹었었다. 아주 잠깐이지만.

"여보 뭐라고 말 좀 해봐."

염만구는 음성을 되도록 부드럽게 하려고 노력하며 다시 말했다. 아내는 비로소 눈을 뜨고 염만구를 바라보았다.

"엄마가 말씀을 못 하세요."

어느새 들어왔는지 큰딸애가 뒤에서 말했다. 가슴에서 쿵 소리가 들린 것을 느낀 염만구는 허둥대며 딸에게 물었다.

"말을 못 하다니?"

"복합적인 쇼크에 의한 실어증과 전신 무력증이요."

"실어증?"

"한 달쯤 됐을 거예요."

"뭐 한 달? 그런데 왜 이제야 나한테 연락을 한 거야? 병원은 다닌 거야?"

딸아이가 의사이건만 염 사장은 물었다.

"엄마가 알리지 말랬어요."

딸애는 무표정한 얼굴로 되도록 아버지를 쳐다보지 않으려 한다. 저게 언제부터 애비한테 저렇게 냉정했지? 자랄 때는 잘 웃고 잘 떠들던 아이였건만. 그러나 딸이 괘씸한 것도 잠시 아내를 돌아본 염 사장은 아내가 눈물을 줄줄 흘리는 것을 본다. 냉혈한 염 사장도 그만 가슴이 찢어진다.

염 사장은 병원으로 달려가 담당 의사를 만났지만 희망이 없었다. 노환의 한 증상이라고 했다. 길어야 일 년 정도 버틸 수 있다고 했다. 그 안에 혹시 회복할 수도 있고 또 언제라도 일을 당할 수 있으므로 곁을 항상 지켜야 된다고도 했다.

염 사장은 믿을 수가 없다. 평생 그림자처럼 아내의 자리를 지켜온 도시랭댁이 그 자리를 떠나다니!

"뼈 빠지게 의학 공부시켜놨는데 네 어미 하나 못 살리냐?"

애꿎은 딸을 들볶기도 하고 혼자 앉아 울기도 하며 복잡한 반응을 보이던 염 사장은 아내를 데리고 병원으로 돌아다녔다. 어느 의사도 속 시원하게 고쳐주겠다는 사람은 없다. 그래도 염 사장은 포기하지 않았다. 그대로 아내를 보낼 수는 없다.

염 사장의 행동을 관망하던 이웃의 여러 입들이 방아를 찧기 시작했다.

"여자를 사람 취급도 안 하는 놈이 막상 부인이 죽게 생기니까 애가 타나 봐."

"그러니까 본심은 마누라를 사랑한 건가?"

"그런 건가, 아니면 일 당한 후 누가 욕할까 봐 미리 수 쓰는 건가."

"지독한 구두쇠가 돈 쓰는 거 봐 진심이지."

거기까지 얘기하다가 와아 웃음보가 터진다.

양영희에게 의류점을 차려주면서 염 사장은 그야말로 몸으로 뛰었다. 구조변경을 하느라 벽을 뜯고 큰 망치를 들고 내리쳤으며 못질도 마다치 않았고 페인트칠까지 했다. 늙은 염 사장이 몇 주야 잠도 안 자고 밤을 꼬박 새워가면서 일에 몰두했다.

"아무리 건강에 자신이 있으셔도 연세가 있으신데 좀 주무시면서 일을 하셔야지 그러다가 쓰러지십니다."

"세상에, 세상에 염 사장님 밤을 새우셨어요?"

건물 세입자들의 아부성 충고와, 새벽기도를 가던 교인들이 이구동성으로 외쳐도 염 사장은 그 말을 그야말로 귓등으로 들었다. 그는 끄떡없었다. 모두 혀를 내둘렀다.

그에게 늙은이란 표현은 어울리지 않는다. 별로 주름도 없는 검붉은 큰 얼굴에 거대하면서 완강한 체구는 사뭇 당당하기까지 하다. 처조카와 동거하던 그 방에서 양영희와 같이 살고 있는 그다. 동네 사람들은 모두 입을 모아 흉을 보았다.

"저 방에서 몇 번째 살림을 차린 거지?"

"참 낯짝도 두껍지 사람이라면 저럴 수는 없어."

그 염 사장이 만사를 제치고 도시랭댁의 병을 고쳐 보려고 나섰다. 그런 그를 두고 입방아도 다양했다.

"그래도 마누라 아까운 줄은 아는 거야."

"하긴 도시랭댁 같은 사람이 누군들 아깝지 않겠어?"

"뭐라 해도 결국 병 주고 약 주는 거야 안 그래?"

그 말이 맞았다. 바람을 피운 것도 모자라 처조카와 동거하고 아이까지 낳은 인간이 과연 역사를 통틀어 몇 명이나 있을까?

도시랭댁은 시부모를 지성을 다해 섬겼다. 그것은 훌륭했지만 잔인한 남편과 남편 못지않은 시부모를 위해 젊음과 인생을 희생했다. 그것이 즐겁고 기뻤을까? 또한 남편이 밖에서 낳아 들여온 두 자식을 길러냈다. 얼마나 많이 참았으며 얼마나 많이 노력을 했을까. 너무 많이 참고 노력한 탓에 그녀는 쓰러진 것이 아닐까.

오늘도 염 사장은 도시랭댁을 데리고 병원에 갔다가 집으로 돌아왔다. 운신 못 하는 도시랭댁은 입원과 퇴원을 번갈아 하며 들것에 실려 다닌다. 어쩌다가 염 사장과 눈만 마주치면 눈물을 줄줄 흘린다. 마치 나 좀 살려줘요 하는 것처럼. 그럴 때마다 염 사장의 가슴은 그야말로 송곳으로 후비는 것처럼 아프다. 하지만 눈물을 닦아 주는 것이 염 사장이 할 수 있는 일의 전부다. 그런데 오늘따라 도시랭댁은 더 서럽게 운다. 어찌나 눈물을 흘리는지 평생의 눈물을 다 쏟는 것 같다. 염 사장의 가슴에도 안타까움과 슬픔이 고여 온다. 차마 사나이가 함께 울 수는 없고 도시랭댁의 차가운 손을 꼬옥 잡아 준다. 그 옛날 새벽처럼. 그러면서 왜 좀 더 아내에게 잘해주지 못했을까, 바람피운 건 그렇다 치고 왜 좀 더 자상하게 대해 주지 못했을까 후회하는 것이다.

하루가 다르게 야위고 힘이 빠져 가는 도시랭댁을 보고 있는 것은 벌이다. 머리칼도 한 웅큼씩 빠져나간다. 생명이 조금씩 사라져 가고 있다. 염 사장은 미칠 것 같은 심정으로 아무라도 붙잡고 빌고 싶다.

"살려만 준다면 내 재산을 다 드리겠소, 제발 살려주시오."

그러나 허공에 흩어지는 헛된 기도다. 사람들이 비웃는 것을 그도 알고 있다. 신이 있다면 그 신조차도 비웃는 것 아닐까.

돌아간 염 사장의 어머니가 자리보존하고 있을 때 도시랭댁은 시어머니를 자주 씻기고 손톱 발톱을 깎아 주었다. 그걸 보며 염 사장이 좀 쉬엄쉬엄하라고 잔소리를 했다. 제 옷도 제대로 갈아입지 못한다고 핀잔하면서. 그러나 그녀는 아무런 대꾸가 없었고 태도에 변함도 없었다.

막상 도시랭댁이 눕자 그녀의 손톱을 깎아 주는 사람은 없다. 염 사장은 가슴이 저려 그녀를 씻기고 손톱 발톱을 깎아 주었다.

"어머! 아빠 뭐 하세요?"

막내딸이 발견하고 제 언니 오빠들에게 그 소식을 전했다. 아들딸들도 놀랐다. 입에서 입으로 말이 건너가자 사람들은 입을 비죽거렸다.

"두고 봐야 알지 얼마나 가겠어?"

아무도 염 사장을 믿어 주지 않았다.

아침에 들여다보면 도시랭댁의 몸은 어제보다 더 쇠약해져 있다. 그런 아내가 염 사장은 한없이 안타까운 한편 그녀가 이렇게 소중한 존재였을까 스스로 놀랍기도 했다.

“어허! 이제 그만 좀 울어 몸에 해로워요. 오늘따라 왜 더 그러나?”

끊임없이 이마에 송글송글 맺히는 땀을 닦아 주며 염 사장은 혀를 찬다. 막내딸이 슬그머니 다가와 소곤거렸다.

“아빠 저어…”

막내티를 내느라 어리광이 배어있는 말투로 무슨 대단한 비밀이라도 가르쳐 주는 것처럼 말한다.

“엄마가요 아빠 오실 시간이 되면 아빠를 기다려요.”

염 사장은 그 말이 가슴에 와닿았다. 하긴 아내는 언제나 자신을 기다려 주는 사람이다. 염 사장은 새벽에 귀가할 때가 많았다. 그를 기다리던 아내는 그의 발소리를 알아듣고 문을 열어주곤 했다. 이제 저 사람이 가면 누가 날 기다려줄 것인가? 문득 염 사장은 그런 생각을 해본다. 양영희? 염 사장은 씁쓸한 표정으로 고개를 저었다. 양영희를 얻기 위해 그는 대단한 대가를 치렀다. 우여곡절 끝에 마주한 다방에서 염 사장은 양영희에게 말했다.

“당신의 종이 되겠소. 내 재산도 당신을 위해 쓸 것이요.”

양영희의 눈이 반짝 빛났다.

“그 마음 일생 변치 않는다고 약속할 수 있어요? 사장님이 내 종이 되어 주신다면 저도 사장님의 종이 되어 드리겠어요. 그렇지만 제가 사장님의 종이 되기 전에 우선 먼저 증거를 보여 주세요."

다음 날 염 사장은 그녀에게 자가용 승용차를 선물로 보냈다. 그러면서 그들의 데이트가 시작되었다. 염 사장은 그런 와중에 가난했던 시절 초라한 혼인예식을 치르고 자신에게 시집와 한평생 고생한 도시랭댁이 생각나서 가장 가치 있는 건물을 그녀의 명의로 해주었다.

아무튼 염 사장은 당분간 의류매장에서 자지 않고 집에서 자기로 했다. 얼마 후 도시랭댁은 의식불명에 빠졌다. 일가친척들이 연락을 받고 모여들었다.

"이제라도 병원으로 모시고 갈까?"

"병원에서 퇴원 조치 받았는데 가면 뭘 해."

"혹시 회복하실지 모르니까 더 두고 보자구."

실낱같은 희망이라도 붙잡고 그들은 기다리기로 했다. 만약의 경우 병원에서 일을 당한다면 객사가 아닌가.

운명의 그날. 그날도 염 사장은 아내 곁을 무던한 남편처럼 지키다가 잠이 쏟아져 누웠다. 그런데 아내가 눈을 뜨는 것이다. 얼마나 반가웠던지 염 사장은 목이 메어 아내를 불렀다. 아내는 일순간 얼굴이 환하게 빛나더니 자리에서 일어나는 것이 아닌가.

"여, 여보! 당신 일어났어?"

도시랭댁은 염 사장의 말이 들리지 않는 듯했다. 그녀는 미끄러지듯 방문 밖으로 나가버린다.

아이들이 목메어 염 사장을 불렀다. 잠에서 깬 염 사장은 자리를 차고 일어났다. 모두 모여 앉아 침통한 표정으로 도시랭댁을 바라보고 있다. 도시랭댁은 가래 끓는 소리를 두어 번 내더니 이내 조용해진다. 일시에 통곡이 쏟아졌다. 아내의 임종이 염 사장은 믿어지지 않아 아내의 손을 잡아 흔들었다.

"여보! 아직 안 갔지? 응? 대답 좀 해!"

그러나 그녀는 다시 눈을 뜨지 않았다. 남자는 우는 법이 아닌 줄로 굳게 믿고 살아온 염 사장이 이를 악물고 치미는 울음을 참느라 기이한 소리를 냈다. 한도 많고 힘도 많이 들었던 여정을 끝낸 그녀는 평안한 표정으로 영면에 들어갔다. 망극한 순간에도 큰딸과 아들은 눈물을 참느라 얼굴이 이지러졌다. 도시랭댁의 생전 모습을 그대로 닮았다. 둘째 아들과 막내딸은 슬픔을 참지 못해 몸부림친다. 그들은 자랄 때 도시랭댁을 친엄마로 알고 자랐다. 도시랭댁은 낳은 정보다 기른 정이라는 진실을 만인에게 보여주었다. 그러나 천륜은 어쩔 수 없었는지 그들은 언제부터인가 생모와 만났다. 무던하다고 눈치도 없을까. 그로 말미암아 도시랭댁은 얼마나 또 마음고생을 했을까. 도시랭댁의 시신이 장례식장으로 옮겨졌다.

"참으로 아까운 분이 돌아가셨습니다."

동네 통장, 반장, 부녀회장 등이 숙연한 얼굴로 문상을 왔다. 장례기간 내내 많은 사람들이 도시랭댁을 아까워하며 애도를 표하러 몰려왔다. 그중에는 염 사장이 어떤 얼굴을 하고 있나 보고 싶어 온 구경꾼들도 있었다.

염 사장은 마치 넋이 나간 듯한 표정이다. 생각해보면 처음 결혼했을 때부터 별로 탐탁해 하지 않던 아내였다. 그런 만큼 수십 년 결혼생활 동안 당연한 듯 마음고생을 시켰다. 아내에게 속죄할 것이 많다. 까맣게 잊었던 숱한 사연들이 도끼가 되어 염 사장의 심장을 내리찍는다. 아픔과 상실감 그리고 연민으로 염 사장은 힘이 빠지고 풀이 꺾였다.

"부부는 부부였나베. 염 사장 제법 침통하던데."

모두 숙덕거렸다. 염습을 하고 입관을 하고 이별의 여러 의식을 치르며 염 사장은 이 세상에 태어나 처음으로 식사를 못 하고 탈진하는 등 고생을 했다.

산에서 흙을 파는 굴삭기 기사가 도시랭댁의 하관을 위해 흙 구덩이를 팠다. 일이 끝나고 그는 막걸리를 들이켰다.

"수고하셨소."

염 사장이 인사를 건넸다.

"아! 복 많은 남편님이군요."

하고 답례를 한 그가 덧붙였다.

"복 많고 말구요. 정말 부럽습니다."

"복이 많으면 내가 마누라 무릎을 베고 눈을 감아야지."

"그만함 호상이지요."

염 사장의 표정 때문인지 안 해도 될 말을 한다. 나중에 그는 술이 취해 하소연했다.

"저는 마누라가 없습니다. 첫 번째 아내한테는 바람피웠다가 이혼당했지요. 까짓 여자가 저 하나인가 하고 또 장가갔는데 글쎄 얼마 안 살고 다 싸가지고 도망가더라구요. 결국 마누라 없이 늙는 신세가 됐지요. 내 팔자가 어떻게 이 모양이 됐는가 생각해보면 나도 잘못이 있긴 있지요. 하지만 그래도 처음 아내가 진득하게 기다려 주었다면 내가 요 모양 요 꼴은 안 됐을 텐데 싶어요. 안방에 마누라가 든든하게 버텨주는 남자가 복 있는 남자지요."

하기야 도시랭댁이 지성으로 염 사장의 부모를 섬기고 자녀들을 키워주었기에 오늘의 자신이 있지 않겠는가! 새삼 도시랭댁이 이제 세상에 없다는 것이 가슴 아려 염 사장은 고개를 숙였다.

가족들은 장례가 끝나고 집에 돌아와 정리를 했다. 큰딸이 무언가 가지고 왔다.

"그게 뭐냐?"

"유언장 같기도 하고 모르겠어요. 아버지가 읽어 보세요."

염 사장은 딸이 건네는 두툼한 노트를 받아 들었다. 색깔이

다소 바래 꽤 오래된 물건으로 보였다. 장례기간 동안 눈물을 찍어 내는 아버지를 본 탓인가 큰딸 애는 애써 부르지 않던 아버지 소리를 한다. 염 사장은 자리를 잡고 노트를 펼쳐보았다.

–염만구 씨에게 당신의 아내 이화순이가

염 사장은 피식 웃었다. 염만구 씨라? 어쩐지 어색한걸. 그리고 아내의 이름이 참 화순이었지. 처음 장가갈 때 스물네 살이었던 염 사장은 처가인 도시랭에 가서 구식으로 혼례를 올렸다. 그때 아내 이름을 처음 들었다.

–여보 이 노트를 살 때는 그저 일기를 써보려고 샀는데 어쩐지 자꾸 아끼게 되더니 이렇게 마지막 편지를 쓰게 되었습니다. 내 왼쪽 다섯 손가락 끝과 열 발가락 끝에 마비가 왔어요. 처음 시작할 땐 대수롭지 않게 생각했어요. 그러다가 다시 풀리곤 했으니까. 그런데 이번에는 점점 마비가 퍼져가는군요. 그러고 보니 우리 어머니도 이 증상으로 돌아가신 것이 생각나면서 나는 깨달았어요. 드디어 이 지겨운 육신을 벗어날 날이 오고 있구나. 지금이라도 병원에 다니고 치료를 받으면 내 생명이 조금 연장이 되겠지만 나는 그만두기로 했답니다. 오히려 다가오는 마지막에게 왜 이제야 오느냐고 묻고 싶어요…

여기까지 읽다가 염 사장은 한숨을 쉬었다. 야속하기도 하고 미안하기도 하다. 그는 마치 아내 도시랭댁이 옆에 있는 것처럼 말했다.

"야속한 사람, 그렇다고 그렇게 가버리기야? 그래도 내가 살아있는 동안에는 당신 자리를 지켜주어야 하지 않아."

그리고 자신의 물음에 대한 답이라도 찾으려는 듯이 염 사장은 다음을 읽기 시작했다.

–먼저 당신에게 감사합니다. 당신은 배짱 좋고 명석하고 냉철한 훌륭한 분이예요. 당신이 내 남편인 것을 많이 원망도 했지만 이제 끝날 때가 다가오니까 역시 당신은 멋진 분이었어요. 평생 한 번도 물질로 인한 고생은 시키지 않은 것 정말 감사해요. 아버님 어머님도 감사해요. 그분들께서 지난날 당신의 자리를 채워주셔서 열심히 살 수 있었어요. 그리고 여보. 가장 감사한 것은 나에게 당신의 사남매를 주신 거였어요. 그 애들로 말미암아 나는 행복했습니다. 이제 감사는 다 한 것 같군요.

이제부터는 원망을 하겠습니다. 여보, 내가 그렇게 싫으면 나를 다른 길을 찾게 하지 왜 붙잡아 둔 거예요? 나는 당신이 헤어지자고 하기를 얼마나 기다렸는지 모릅니다. 나라고 기회가 없었겠어요? 기회는 있었지요. 언제나… 그러나 당신에게 워낙 데인 까닭에 나는 누구도 믿을 수가 없었고 무엇보다 우리 아이들을 두고는 도저히 다른 생각을 할 수가 없었어요. 셋째가 나한테 올 그 무렵에 나는 각오를 하고 있었어요. 이제 드디어 이혼하는구나. 당신이나 당신의 부모님과 헤어지는 건 속이 시원한 일이었지만 우리 혜기 민기와는 절대로 헤어질 수 없었던 나는 너무 억울했지요. 그러나 당신은 셋째를 내게 데려왔을 뿐이었지요. 한편으로 기막히고 어이가 없었지만 우리 혜기 민기와 헤어지지 않아도 되는 건 다행이었어요. 그러나 당신은 너무도 독선적인 사람이에요. 나의 의사 한번 묻지 않고 애만 갖다 두고 갔을 때 얼마나 당신이 미웠는지…

우리 사이에 부부다운 생활은 없었지요. 젊어서 나는 당신의 부모님 손톱 사이에 있는 한 마리 이였어요. 숨도 크게 못 쉬고 살았고 당신의 끝없는 외도와 방황으로 나는 한평생 불행했습니다. 지금도 당신이 나의 마지막 글이라도 읽어 줄 것인지 의구심이 드는군요. 당신께 부탁도 해야 하는데.

"부탁?"

아내가 아직 살아서 옆에 있었다면 부탁 소리도 하지 않고 그저 묵묵히 자기 할 일만 하고 있겠지. 염 사장은 으레 아내는 그런 사람이거니 하고 있었을 것이고.

—여보 부탁이 있어요. 우리 소중한 아이들을 부탁해요. 꼭이요. 첫째 혜기는 여자이지만 맏이로서 부족함이 없는 애예요. 반드시 맏자식으로서 기대에 어긋나지 않을 큰 그릇이랍니다. 너무 결혼을 닦달하지 마세요. 그 애는 혼자서도 너끈히 잘 살 거예요. 동생들 잘 돌보면서요. 그러다가 혹시 좋은 연분을 만나면 결혼할 수도 있겠지요. 둘째 민기도 제 몫은 하겠지만 애는 혼자 살 애가 못돼요. 이 아이는 혼기를 놓치지 말아 주세요.

다행히 좋은 직업을 가지고 있고 인물도 좋으니까 중매를 넣어서 꼭 제때에 결혼을 시켜주세요. 셋째 덕기는 남자인데도 마음이 여려요. 나는 덕기에게 처음에는 잘 해주지 못했어요. 그러나 덕기는 어느 사이엔가 내 마음에 들어와 내 자식이 되었지요. 우리 덕기를 생각하면 마음이 아픕니다. 마음이 착해서 내가 죽으면 아마 제일 많이 울 거예요. 직장을 잡고 일을 하지만 자립할 수 있을 때까지 좀 더 뒤를 봐주세요. 그리고 여자 친구가 있으니까 결혼하도록 도와주세요. 덕기한테 꼭 말해주세요. 이 엄마가 정말 사랑한다고. 그리고 막내 은기. 무사히 대학에 들어가서 다행이에요. 어린 것이 얼마나 갈등이 컸을까요. 여보, 천륜은 흐르는 물 같아서 막을 수가 없는 거예요. 자연스럽게 제 생모 만나도록 해주세요. 은기가 잘 크려면 생모의 따뜻한 가르침이 필요할 거예요. 생모가 없었다면 나는 은기가 밟혀 눈을 못 감을 거예요. 덕기 생모는 남의 식구된 지 오래고 덕기 만나기를 꺼린다는군요. 우리 덕기 좀 잘 다독거려주세요. 은기와 덕기! 그 애들이 갓 태어나서 나한테 왔을 때가 생각납니다. 눈을 맞추고 옹알이를 받아 주면서 나는 그 애들의 엄마가 되었지요. 젊어서는 부모님이 그담엔 그 애들이 당신의 빈자리를 채워주었어요. 여보! 부탁해요. 이제는 당신이 우리 애들에게 내가 두고 가는 자리를 채워주세요.

여기까지 읽고 염 사장은 한숨을 내쉬었다. 새삼 아내 도시랭댁의 따뜻한 마음씨가 고마우면서 그리워 눈물이 난다. 그리고 염 사장의 마음을 더욱 아프게 한 내용이 다음에 서술되어 있었다.

―아이들 뒷바라지하느라 참석한 학교 자모회에서 유원지 관광을 갔지요. 그날 나는 너무나 외로웠어요. 아름다운 자연경관 속에서 왜 나는 늘 당신이 생각나는지. 여행할 때는 가장 사랑하는 사람이 생각나는가 봐요. 특히 설악산의 그림 같은 단풍 속에서 나는 꼭 한 번이라도 당신과 그곳에 가보고 싶다고 간절히 생각했답니다. 그러나 당신은 결국 그 기대를 끝끝내 저버렸어요. 당신 회갑 때 회갑연이 끝나고 온천으로 여행을 갔었지요. 생각나세요? 그때 당신은 싫다는 당신의 누님과 매형을 굳이 동행하여 우리는 둘만의 호젓한 여행을 결국 평생 한 번도 가질 수가 없었지요. 어쩌면 당신은 나에게 끝까지 그럴 수가 있어요.

염만구의 회갑연 때면 양영희를 처음 만나 그녀 생각에 골몰할 때일지도 모른다. 염 사장은 가슴을 찢는 아픔을 진정시키느라 잠시 시선을 허공에 두었다. 자신을 패주고 싶다. 진작 이런 아내의 마음을 알았다면! 좀 더 아내를 배려하는 마음을 가졌더라면! 젊었을 때에 다른 데로 눈 돌리기 전에 아내의 존재가 이렇게 큰 줄을 알았다면 파렴치한 엽색행각을 아마도 좀 덜하지 않았을까. 염 사장은 후회와 슬픔과 안타까움으로 밤을 지새웠다. 몇 날 며칠 장문의 편지를 써서 설악산 숲속까지 찾아가 아내의 영혼에게 읽어 주었다. 그리고 아내의 부탁대로 두 아들의 혼사도 자신의 수완을 발휘하여 치렀다. 장녀에게 개인 병원도 차려 주었고, 양영희와는 헤어지려고 했다.

"저 여자는 내 사람이 아니야. 내 돈의 사람이지."

하지만 자녀들이 만류했다.

"두 분이 함께 하신 지도 벌써 수 년 인데요. 그만함 무던한 분입니다."

염 사장의 반성이 길게 가리라고 기대한 사람은 없다. 처음에 좀 그러다 말겠거니 한 것이 자녀들과 그를 아는 사람들의 생각이다. 그러나 의외로 염 사장은 많은 변화를 보였다. 늘 자신만만하고 거만하던 표정이 사라지고 풀이 죽었다. 그리고 평생 염두에 없던 아내에 대한 그리움으로 두 눈에 깊은 그늘이 생겼다. 그걸 본 사람들은 숙덕거렸다.

"마누라한테 편지를 써서 설악산에 가서 읽어 주었다며?"

"혹시 죽은 도시랭댁 귀신이 씌운 거 아냐?"

"아 생각해봐. 저 인간이 죽은 마누라 때문에 저러는 게 말이 돼?"

"자네도 나중에 발등 찍지 말고 제수씨한테 잘해."

남이야 무어라 하던 아내 도시랭댁에 관한 연민으로 하루를 시작하고 잠자리에 드는 염 사장이다. 과연 언제까지 그럴 것인가가 사람들의 관심이었다. 어느 날 저녁 식사를 하고 상을 물리며 양영희 여사가 반가워한다.

"요즘엔 식사를 제대로 하시는 것 같아요."

염 사장도 웃었다.

"음 입맛이 돌아온 것 같아."

염 사장은 자조적인 어조로 덧붙인다.

"나 같은 놈이 그렇지 뭐. 나한테 시집와서 한평생 고생하다가 간 사람만 억울하지."

이제 제발 그만 좀 하세요! 하는 소리가 목구멍까지 치민 것을 양영희 여사는 꿀꺽 삼켰다. 염만구와 함께 산 것이 이십 년도 넘었지만 이럴 때는 전남편 생각이 난다. 철없이 만나 연애하고 결혼한 사람 조춘택과 행복했던 시간은 짧았다. 그는 돈을 쓸 줄만 알았지 벌 줄을 몰랐다. 그래도 약간의 재산이 있을 때는 그런대로 살만했다. 그마저 사업을 한다고 다 들어먹을 때까지는. 교사였던 아내의 월급을 야금야금 뜯어 먹는 것으로 부족해 툭 하면 대형 사고를 치던 남편. 학교에 있는 아내에게까지 빚쟁이가 찾아왔다. 그때 부터 둘 사이는 파경으로 치달았다.

막대한 재물을 가지고 나타난 염만구는 양 여사에게는 구세주였다. 남편에게 떼어놓고 온 두 자녀의 학비며 생활비뿐 아니라 원수 같은 남편의 생활비조차도 염 사장의 주머니에서 나가고 있었다. 위자료로 받은 돈은 조춘택이 진작 말아 먹었다. 그럼에도 불구하고 남편에게는 할 말 다 하고 살았다.

반면 언제나 다소곳이 순종만 하는 염만구와의 생활은… 흡사 절대 군주의 후궁이라면 딱 맞을 자세로 살아온 세월이었다. 돌아간 아내에의 연민으로 사람이 바뀐 염 사장을 보는 것이 신물이 난다. 염 사장은 누가 뭐래도 뻔뻔스럽고 당당해야 하지 않을까? 계속 염 사장이 세상 떠난 아내를 향해 애모가를 불러댄다면 양 여사의 설 자리는 어디란 말인가?

언제까지나 자기를 향하여 흔들리지 않는 사랑을 보여 주기를 바라는 양 여사이다. 설거지를 하고 염 사장의 잠자리를 살피면서 양 여사는 그의 눈치도 살핀다. 아내와의 사별 이후 그들은 잠자리를 함께하지 않았다. 변강쇠 염 사장이 일 년여 여자를 가까이하지 않은 것이다. 그것도 세상 떠난 조강지처에 대한 예의일까? 아니면 천하의 염만구도 늙어버린 것일까.

"오늘은 이 방에서 같이 자지."

염 사장이 다정하게 말한다. 흡사 양영희의 심중을 다 아는 것처럼. 그들은 실로 오래간만에 동침을 했다. 염만구의 정력은 여전했다. 양영희는 마음을 놓는다. 제까짓 게 그렇지. 개 꼬리 흙에 삼 년을 묻어 놓아도 족제비 꼬리가 될 리 없지. 은근히 안심을 한 양 여사는 염 사장의 팔을 베고 잠이 든다. 한밤중에 양 여사는 염 사장이 울부짖는 바람에 깜짝 놀라 잠을 깼다.

"여보 ! 여보! 같이 가! 나만 두고 가지 마. 제발 여보!"

무슨 소린지 처음엔 못 알아들었으나 죽은 아내의 꿈이라도 꾸는지 사뭇 팔을 허우적대며 비통하게 여보를 외친다. 그런 염 사장이 너무 얄미워 양 여사는 그저 쳐다만 본다. 여보라면 당연히 도시랭댁이다. 양 여사에게는 그런 호칭을 쓴 적이 없다. 자네라던가 영희야, 이다. 잠이 달아난 양영희 여사는 염만구의 옆에 쭈그리고 앉는다. 서글픈 심정이 되어 자신의 남편을 생각한다. 한참을 이 생각 저 생각 하던 양영희 여사는 다시 누우려다가 문득 염 사장이 너무 조용하다는 생각이 든다. 코 고는 소리가 안 난다. 양영희 여사는 염만구 사장을 들여다본다.

"사장님?"

어떤 섬칫한 느낌이 와 양영희 여사는 그를 흔든다. 대답이 없다. 아연해 하던 양영희 여사는 비명을 질렀다.

염만구는 갔다. 아내를 보내 놓고도 그가 잘살 줄 알았던 이웃들은 모두 말했다.

"따라갔구먼."

일평생 호색가로 살았던 그가 마지막으로 부른 이름은 첫사랑 보경도 아니고 마지막까지 옆에 있던 양영희 여사도 아니고, 그토록 설움을 주었던 조강지처 도시랭댁 이화순 여사였다.

친구의 아들

'이 준 성도 소천. 빈소 한국장례식장. 입관 예배 오늘 저녁 7시.'

진동으로 해놓은 휴대전화가 부르르 떨 때 어쩐지 불길했다. 문자를 확인하며 내 눈을 의심한다. 이게 무슨 소리야? 이 준 소천이라니? 급히 문자를 보내온 곳으로 발신 통화를 누르며 손이 벌벌 떨린다. 혹 우리 교회에 나이 많은 이 준이 또 있었나? 교인이 많으니까…

"네, 양소희 권사님 아드님 이 준 성도 맞습니다. 교통사고로 소천했습니다."

교회사무원의 응답을 들으며 나는 주저앉는다. 나이 서른도 안 된 네가, 준아! 이게 웬일이냐? 아! 어떻게 하니, 소희야! 너무 기가 막혀 눈물도 아무 생각도 나지 않는다. 어서 교회로 가야 하는데 도무지 손이 그리고 발이 제 기능을 할 생각을 않는다. 아! 어떻게 해, 소리만 입에서 맴돈다. 간신히 옷을 갈아입고 가방을 들고 나서면서 눈물이 주르르 뺨으로 흘러내린다. 오직 준만 보고 살아온 소희! 차마 그 얼굴을 어떻게 본단 말인가?

엊그제 우연히 준을 봤는데, 길 건너편에서 친구들과 걸어가고 있었다. 옷차림이며 모자가 결혼하고 애기 아빠 된 사람치고 너무 애들 같아서 속으로 웃었다. 쟤는 아직도 자신이 애인 줄 아나. 확실히 엄마 친구인 나를 봤을 텐데 이내 시선을 딴 곳으로 돌렸지. 그게 네 마지막 살아있는 모습이었구나.

예기치 못한 사고의 주인공 준은 태어날 때도 요란했다. 준의 어머니 소희는 나와 한동네에서 태어나고 자란 배꼽친구이다. 얌전한 개 부뚜막에 먼저 올라간다고 했던가. 소희는 터미널에 경리로 근무하던 갓 스물에 느닷없이 임신해 부모를 기함시키고 우리 동네를 무성한 소문 속으로 몰아넣었다. 처음부터 이 사건을 면밀히 검토한다면 나에게도 일말의 책임이 있다. 그리고 또 한 사람의 원인 제공자는 우리 언니다. 우리 자매가 준의 출생에 영향을 끼쳤다는 이 비밀은 아마도 하늘과 나밖에 모르는 일이리라.

서울 대기업에서 근무하던 언니가 어느 날 갑자기 낙향했다. 시집갈 날도 얼마 안 남았는데 그때까지라도 집에서 부모님 모시고 살겠다며. 마침 공무원 시험이 있으니 시험을 본다고 했다. 언니는 얼마간 시험공부를 하더니 문제없이 공무원이 되었다. 언니는 언제나 그랬다. 중학교 고등학교 그리고 2년제 대학까지 전 학년 장학금으로 자랑스럽게 다녔다. 거기에 용모도 뛰어나 부모님에게 언니는 대단한 긍지였다. 오빠도 언니 못지않은 수재여서 우리 부모님은 언니 오빠 생각만 하면 자다가도 배가 부르다고 했다.

반면 나는 언니 발꿈치나 따라가라고 엄마는 언제나 말했다. 나는 엄마 말이 노엽거나 화가 나지 않고 당연하게 여겼다. 언니는 지독한 노력파이고 그 노력은 눈물겨웠으니까. 한번 공부를 시작하면 잠자리에 드는 것을 본 적이 없다. 언제 자는지 언제 일어나는지… 그런 언니가 더러 못마땅하기도 했다. 저렇게 공부만 하는 건 좀 심하지 않나. 즐겁게 놀기도 하고 TV도 좀 보고 음악도 듣고 하면서 인생을 즐겨야지 공부에 무슨 원수진 것도 아니고. 그리고 저는 좋아서 공붓벌레이지만 동생으로 태어난 나는 애매하게 비교 대상이 되어 피해를 보며 살아야 하지 않는가.

어느 더운 날, 세숫대야에 물을 떠다가 발을 담그고 책상 앞에 앉은 언니에게 물었다. 물론 마음속으로는 아마 열 번쯤 해 본 질문이다.

"언니, 언니는 공부만 할 거야? 시간을 공부에만 쓰지 말고 좀 다른 분야에도 할애하면 안 돼?"

딴에는 염려스럽다는 듯, 반응이 어떨지 곁눈질하면서 툭 던진 말이다. 처음 언니는 아무 대꾸가 없었다. 못 들었을 거야, 책상 앞에 앉으면 천지가 개벽을 해도 모른다니까. 엄마가 늘 자랑삼아 하는 말이다. 나는 소희네 집으로 시험공부 하러 가려고 교재를 챙기고 있었다. 그때 언니랑 같은 방을 쓰는 것이 내 최고의 불만이고, 나만의 방을 가지는 것이 소원이었다. 막 방을 나서려는데 언니 목소리가 나를 멈추게 했다.

"공부 말고 다른 데라니 다른 게 뭔데?"

"할 거 많지!"

나는 이때다 싶어 내 의견을 피력했다.

"내가 뭐 언니만 못해서 공부 못하는 줄 알아? 나도 언니 못지않은 인재야! 다만 공부만 하기엔 청춘이 아깝다 이거야."

언니가 나를 돌아보며 낮은 목소리로 차갑게 물었다.

"너, 어디 가니? 공부 말고 다른 거 하러 가니?"

그 표정과 목소리는 충분히 나를 압도했다. 아니 시험공부 하러 소희네 가는데, 하고 말끝을 흐리자 그래? 하면서 언니의 표정이 한층 엄해졌다.

"집에서 하지 왜 소희네는 가고 그래? 왔다갔다 시간 낭비하는 거 아냐?"

나는 이때다 싶어 좀 높은 소리로 항의했다.

"집에서는 책상을 언니가 차지하고, 난 밥상 갖다 놓고 해야 되잖아!"

언니가 의자에서 일어서며 말했다.

"네가 책상에서 해. 내가 밥상에서 할게."

난 그만 난처해졌다. 소희랑 약속했는데… 사실 소희랑 나는 공부만 하지 않는다. 영화 이야기, 배우 이야기, 인기 있는 총각 선생님을 비롯해 싫은 선생, 좋은 선생, 선생님 평가, 또 친구들 얘기까지 이야기는 끝이 없다. 당연하지 않은가. 꿈 많은 우리 시절 꿈을 꼭 잠자면서 꾸란 법은 없다. 이야기로 우리의 꿈을 펼치는 것도 얼마나 중요하고 재미있는 일인가. 내가 불만스레 서있자 언니의 명령이 떨어졌다.

"소희네 가지 마!"

칫! 제가 언제부터 나한테 관심을 가졌다고, 친구 집도 못 가게 한담. 그런 말이 목구멍까지 치밀었으나 그만 눈물만 글썽한다.

"약속했단 말야."

완전히 풀죽은 목소리로 말하자 언니는 어이없어한다.

"시간은 가면 안 오는 거 너도 알지? 우리 선생님 말씀이 시간 낭비도 죄래! 나도 그렇게 생각해. 지금 우리는 공부할 때야. 이때가 지나가면 공부하고 싶어도 못해! 그리고 이왕 하는 거 열심히 해야지! 어떻게 할 거야?"

"뭐-얼."

언제나 말수가 적은 언니가 쏟아 놓는 달변에 나는 대꾸할 말이 생각나지 않았다. 어리광 섞인 투로 되묻자 언니는 한숨까지 쉰다.

"난 지금 시간이 금이야 낭비할 수 없다구! 공부할 거야 안 할 거야?"

"씨! 공부하러 간다니까 못 가게 하면서…"

나는 할 수 없이 주저앉았다. 꼼짝없이 붙들려 책상 앞에 앉았으나 마음은 이미 소희네 집으로 뛰고 있다. 책을 뒤적이고 무언가 적고 중얼거리며 읽고 하는 언니의 행동이 귀에 고스란히 들려온다. 어떻게 도망칠 방법이 없나? 눈치를 보는데 언니가 부스스 일어난다. 아! 졸려…. 졸리면 자면 되지. 나는 혹시 빠져나갈 수 있을까 희망을 품고 언니가 잠이라도 자기를 바랐으나, 웬걸 언니는 대야를 들고 수도로 갔다. 머리를 감고 세수를 하더니 개운하다면서 방으로 돌아온다. 우아! 독종! 나는 마음속으로 소리쳤다. 소리라도 낼 수 있었다면 속이 좀 시원했으련만. 그때 내가 중1쯤 때였으니까 아마 언니는 고2쯤 되었을 것이다.

그런 언니가 집에 돌아온 후 일이 생겼다. 난데없이 서울 청년이 우리 동네에 등장한 것이다. 그는 잊을 만하면 나타나 우리 집 주변을 어슬렁거렸다. 우리 동네선 보기 힘든 긴 머리를 하고 키도 크고 얼굴은 매우 희고 아주 잘생겼다. 처녀라면 누구나 가슴이 두근거릴 만큼 미남인 그는 분명 우리 집주변을 맴도는데 그의 관심사는 내가 아닌 것 같았다. 내가 생전 처음 마냥 뛰는 가슴으로 몇 번이나 마주쳐도 그의 시선은 한 번도 나를 쳐다보지 않았으니까. 그가 괘씸했다. 감히 나를 몰라보다니!

혹시 언니가 그의 관심? 언니에겐 그런 사람이 종종 있었으니까. 어느 날 나는 언니에게 슬그머니 그 청년 이야기를 비쳤다. 언니는 웃는 듯 마는 듯 아무 반응이 없더니 조심스럽게 말했다.

"나에 대해 묻거든 절대로 말해주지 마. 알았지?"

기껏 그게 다였다. 도대체 무슨 사연이야? 묻고 싶었으나 언니의 표정은 질문 사절이라고 말하고 있다. 치! 잘난 체는… 내 생전 처음 관심 가는 남자가 생겼다는 게 중요한 나는 언니가 못마땅할 수밖에 없었다.

우리 집은 안채를 중심으로 가운데 담장과 중문이 있고 대문과 중문 사이에 아래채가 있다. 언젠가 아래채 방을 내가 쓰겠다고 했다가 아버지에게 엄청 혼났다. 외딴 방을 어린 계집애가 쓴다는 게 말이 되냐고.

어느 날 엄마가 그 아래채를 세놓는다고 했다. 재수 중인 나를 내년에 대학 보내려면 그렇게 해야겠다고 엄마는 말했다. 마침 적당한 사람이 있다면서. 어느 날 대문 앞에서 마주친 세입자, 그 사람은 바로 서울 청년이 아닌가. 낯도 두껍지 몇 번 마주쳤어도 나를 쳐다보지도 않던 그는 자못 친절한 미소로 인사를 건넸다.

"안녕하세요, 잘 부탁합니다."

난 그냥 인사로 조금 웃어주었다. 자존심상 아주 조금. 가슴은 두근거려도 태연한 척하면서. 그는 어디를 나다니는지 늘 방을 비우다시피 했다. 은근히 마주치기를 기대해도 통 볼 수가 없었다.

어느 날 학원을 몇 시간 빼먹은 나는 터미널에서 경리로 일하고 있는 소희에게 놀러 갔다. 소희는 졸업 후 바로 취직했다. 공부 더해서 뭐하냐는 것이 소희 부모의 견해였고, 소희도 같은 생각이어서 의견의 일치를 보았다나. 참 편하기도 하지. 대학은 가고 싶지만 언니처럼 죽기 살기로 공부하기는 싫은 난 소희가 조금 부러웠다.

그때 우리 동네 터미널은 명절 한때 반짝하고 평소엔 한가했다. 소희와 그동안 못한, 잔뜩 밀린 이 얘기 저 얘기를 떠들면서 언니가 싫어하는 시간 낭비를 얼마나 했을까. 언니가 알면 그야말로 사형감이다. 소희가 시켜준 밥을 먹고 퇴근 후 같이 새로 생긴 커피숍에도 가기로 했다. 아무튼 우리 나이답게 시간을 즐기는데 매표구에서 누가 서울행 차표주세요 한다. 왠지 귀에 익은 목소리라 흘낏 보았더니 바로 우리 집 세입자 그 사람이다. 그는 소희에게 웃었고 소희의 얼굴은 빨개진다. 순간 가슴이 철렁 내려앉는 건 왜일까. 불길한 예감이 스쳐 갔다.

"너 저 사람 알아?"

"응? 왜?"

우리 집 아래채 방에 세 든 사람인데 하릴없이 왔다갔다만 한다고 말하려다가 입을 다물었다. 소희는 안다고 했지만 나는 그 사람을 정확히 모른다. 그 사람에 대해 조금이라도 아는 사람은 언닌데 언니는 아예 언급조차 않는다. 내가 이러쿵저러쿵한다는 게 어쩐지 아닌 것 같다. 소희는 보일 듯 말 듯 미소를 지었다.

"저 사람이 나한테 꽃다발 줬다."

"뭐? 꽃?"

그 말을 하는 소희의 얼굴은 환하게 빛까지 난다. 순간 번개같이 떠오르는 장면이 있다. 며칠 전 언니가 찬바람이 쌩 도는 얼굴로 귀가했다. 왜 또 저래 하면서 나는 얼른 집 밖으로 나왔다. 내 얼굴만 보면 공부하라고 다그칠 게 뻔하다. 아이 지겨워! 아이스크림이나 살까 하고 슈퍼 쪽으로 걷는데 저만치 세입자 남자가 손에 꽃다발을 들고 걸어가고 있었다. 축 처진 어깨며 꽃이며 상황이 갸우뚱했다. 아는 척하려다가 말았다. 그의 뒷모습을 멍하니 쳐다보는 나를 깨달았을 때의 처량함이라니.

그때 세입자는 언니에게 꽃을 주려다 거절당하고 대신 소희에게 준 걸까? 그게 언제냐고 물으려다 그만둔다. 독종 언니가 말수가 적다고 불만인 난데 나도 비슷한 면이 있는 모양이다. 만일 지금의 나라면 그처럼 말을 아끼지 않았을 것이다. 내가 본 대로 느낀 대로 말해 주고 경계심을 갖도록 했을 것이다. 그러나 그때는 나도 소희도 많이 어리숙했다. 그리고 내 맘속엔 그가 아주 멋진 왕자였으니까.

언니는 그 후 중문을 거쳐 출입하지 않고 안채로 직접 들어오는 뒷문을 사용하는 눈치였다. 그런데 오빠가 같은 남자라 그런지 세입자랑 친했다. 언니에게서는 아무 정보도 얻지 못했는데 오빠에게 이런저런 얘기를 들을 수 있었다.

“재미있는 형이야. 서울에서 데모만 하다가 학점이 미달 돼서 휴학했는데 여기 학교에 들어갈까 하고 온 거래. 안 되면 유학 간다나.”

“아직 대학 졸업도 못 한 사람이란 말야? 통 공부하는 것 같지 않던데 그래가지고 편입할 수 있을까?”

“비디오테이프가 산더미야. 그래서 어떻게 편입하느냐고 했더니 원어 공부하느라 그런 다나 웃기지?”

할 일 없이 이 여자 저 여자한테 수작이나 하고 다니는 줏대 없는 남자답다. 공부 잘하는 언니 오빠를 보고 자란 나는 그의 그런 면이 한심하게 여겨졌다. 그의 매력이 많이 삭감되는 것 같았다.

아무튼 세입자는 가끔 오빠 통해 떡볶이며 순대도 사다 밀어 넣고 치킨도 심심치 않게 사왔다. 한창 군것질이 아쉬운 터에 그에 대한 친밀감이 조금 형성되었다고 할까. 생각할 때쯤 세입자는 나를 붙들고 슬그머니 언니 이야기를 하기 시작했다. 언니 분위기가 학교 선생 같으니, 또는 은행 직원 같다느니 하면서. 가슴이 서늘해진다. 엉큼하긴… 그럴 땐 세입자도 싫고 언니도 싫었다. 게다가 소희는 세입자가 저를 좋아하는 줄로 아는 눈치이다. 암만해도 울 언니를 좋아하는 것 같으니까 너는 포기하라 그러지도 못하고 나는 그저 답답하기만 했다.

그러던 어느 날 언니가 지금의 형부를 집으로 데리고 왔다. 평소 가끔 형부 이야기를 비치더니 그날은 만나서 사귀고 집에 데리고 오기까지 장황하게 가족들에게 설명하는데 사연이 참 많았다. 같은 대학에서 만난 사이로 직장도 같았는데 군에 입대하느라 잠시 떨어져 지냈다고 한다. 물론 편지는 계속 주고받았다고. 형부는 부모님 마음에 들었고 상견례 말까지 나왔다.

얼마 후 언니가 약혼했다. 그때부터 세입자가 술에 취해 살았다. 그가 딱하게 여겨진 나는 언니에게 세입자에 관해 슬쩍 말을 꺼냈다. 언니는 왜 네가 그 사람 일에 관심을 갖느냐고 나무랐다.

"그 사람 건우 씨 친구의 친군데 꽤 부잣집 아들이라더라. 건우 씨 군대 갔을 때 나한테 하도 집적거려서 그 사람 땜에 서울 직장 그만뒀어. 어떻게 남의 여자인 줄 빤히 알면서 그럴 수가 있는지 몰라. 뭐 운명적인 사랑을 느꼈다나 뭐라나."

첨 듣는 이야기이다. 언니는 분명 부모님과 같이 있고 싶어서 고향으로 돌아왔다고 했다. 그렇다면 집에 돌아온 이유가 또 있었잖아. 언니는 세입자에 관해서 더 할 말 없다는 듯 입을 다물어 버린다. 하지만 건우 씨가 군에 입대 한 후부터 언니를 따라다녔다면, 그렇다면 몇 년씩이나? 아휴! 언니 때문에 서울서 여기까지 온 거구? 언니 때문에? 야! 울 언니 잘나긴 잘났나 보다. 남자를 저토록 미치게 하는 힘이 언니 어디에 있을까?

모두 인물 좋다고 하는 언니는 내가 보기엔 그냥 조금 잘생긴 정도다. 아버지를 닮아 이마며 콧날이 반듯하면서 부드러운 느낌을 주고 속눈썹도 길고 깊이가 있다. 하지만 엄마 쪽을 닮은 내가 더 여자답게 생겼다고 모두들 말을 하는데 나는 아직껏 따라 다니는 남자가 없다. 그뿐인가 아래채 세입자를 처음 볼 때부터 그토록 가슴이 뛴 거. 그건 운명적 사랑의 예감 같은 것 아닌가? 나는 불안하기도 하고 속상하기도 했다. 언니가 얄미웠다. 날 언니만큼 예쁘게 낳아주지 않은 부모도 이만저만 야속한 게 아니었다.

그즈음 우리 자매는 둘 다 교회에서 교사 일을 하고 있었다. 일꾼이 귀해 소희랑 나는 고등학교를 졸업하자마자 중등부 교사로 임명되었다. 진작부터 고등부 교사를 하는 언니가 너는 대

입을 위해 그만두라고 엄명을 내렸다. 나는 강력하게 반발해서 기어코 반을 맡았다. 만일 언니가 하라고 했으면 오히려 내가 망설였을지 모르지만.

오기가 생겼다. 나도 언니만큼 할 수 있다구! 교사 되고 몇 번째 주일인가 공과 교재 내용이 창세기에 있는 야곱과 레아 그리고 레아의 여동생 라헬의 결혼이야기이다. 야곱이 라헬에게 반한 나머지 7년 동안 라헬을 얻기 위해 일을 한다. 막상 결혼하고 첫날밤을 치른 후 대면한 신부는 언니 레아였다. 야곱은 장인에게 라헬이 아님을 따진다. 그리고 다시 라헬을 얻기 위해 7년을 일한다. 소중한 보배를 얻기 위해서 7년을 수일같이 여겼다는 내용이다.

소희와 나는 중등부 1학년 사춘기 아이들을 어떻게 가르쳐야 할지 많이 고민했다. 솔직히 고민보다는 킥킥 웃으며 의논했다. 그런데 괜한 생각이 나며 나는 기분 나빠졌다. 언니는 잘나고 나는 못났다. 언니는 모두에게 사랑받으며 잘 살고 나는 차별 받고 있다. 이다음에까지도 그러지 말란 법은 없다. 나는 그만 우울해졌다. 소희에게 슬쩍 털어놓았더니 말도 안 된다면서 나무란다. 열 손가락 깨물어 안 아픈 손가락 없는 법인데 애매한 부모님 오해한다면서. 착한 소희가 고마웠다. 공과도 그런대로 잘 지도하고 나랑 소희는 함께 집에 갔다.

소희네 집은 우리 집을 지나쳐 간다. 그런데 소희가 우리 집

앞에서 발을 멈추고 머뭇거렸다. 들렀다 갈래? 나는 무신경하게 소희를 집으로 데리고 들어갔다. 그리고 중문을 지나면서 소희가 아래채 그 방을 바라보는 순간에야 아차 싶었다. 그 사람 없어. 나는 소희에게 말했다. 왜? 어딜 갔는데? 몰라 그냥 맨날 집에 없는 사람이야. 그러다 보니 나는 세입자가 우리 집에 산단 말도 안 한 것 같다. 그런데 소희는 이미 알고 있다. 어떻게 알았을까? 둘이 그런 얘기도 할 만큼 친한 걸까? 화가 난다. 참 내! 울 언니를 좋아해서 우리 동네로 이사까지 왔으면 언니 마음을 얻기 위해 힘쓸 것이지 양다리는 왜 걸친담? 그러니까 언니가 아예 사람 취급도 안 하지. 양다리를 걸쳤는지, 아닌지 확실히 확인된 건 아니지만.

언니의 결혼 날짜가 야금야금 다가오던 어느 날 세입자가 이사를 갔다. 얼마 안 되는 세간을 차에 싣고 있는데 나는 어디 볼일 보러 나가는 척하며 인사를 했다. 안녕히 가세요. 그가 웃음으로 인사를 받았다. 그리고 쭈뼛거리며 주머니에서 편지를 꺼냈다. 언니에게 전해달란다. 언니에게? 얼결에 편지를 받아든 나는 고민했다. 이걸 전해? 말아? 어떻게 하지? 언니에게 준다면 보나 마나 뜯어보지도 않고 찢어버릴걸. 고민 끝에 나라도 읽어보고 찢어버리자 결정했다.

어차피 언니는 결혼할 사람, 남의 남자 편지 읽어서 좋을 게 없다. 막상 편지를 뜯으니 참 잘 쓴 글씨가 먼저 눈에 들어왔다.

어쩌면 글씨를 이렇게 잘 쓸까? 얼굴이랑 똑같네. 편지의 내용은 대충 이랬다.

옥 안녕? 나 며칠 전 춘천 호반에 다녀왔어. 추억을 정리하기 위해서. 옥은 마치 다른 사람 같아. 어쩌면 그렇게 차가울 수 있지? 그 일은 오해라고 내가 설명했어도 용서가 안 되는 거야? 결국 이렇게 끝나는 건가?

난 아직 옥을 포기하지 못하겠어. 그렇다고 더 이상 다른 방법은 생각나지 않아. 이제라도 옥이 돌아와 주기를 바랄 뿐. 돌아와 준다면 모든 걸 용서하고 받아주고 싶어. 우리가 이렇게 영영 남이 된다면! 나는 다른 여자와 결혼하고 옥은 다른 남자의 아내가 된다면! 그건 너무하지 않아? 이렇게 내 가슴이 아픈데 옥은 아무렇지도 않은가? 우리 한번 만나서 이야기라도 하면 안 될까? 우리 꼭 한번 만나서 이야기 좀 해 제발! 꼭 나와주기를 바래. 올 때까지 기다릴게. 11월 3일 오후 3시 우리가 늘 만나던 서울 호반에서.

세현 씀

편지를 읽어 본 나는 기절할 뻔했다. 그러니까 세입자가 일방적으로 언니를 쫓아다닌 것이 아니라 두 사람은 한때 교제한 사이였던 것이다. 언니가 무언가 오해를 하는 바람에 그들의 교제는 종지부를 찍었다. 돌아선 언니를 포기할 수 없어 우리 집 아래채로 이사까지 왔지만 결국 모든 것이 허사가 되었다. 세입자의 이름이 세현이란 것도 처음 알았다. 세현이란 사람도 어지간하지만 나의 언니, 그녀의 심성에 새삼 머리를 흔들었다. 독종! 나는 몇 번이나 그렇게 중얼거렸다. 아마도 언니만이 그럴 수 있으리라. 한 집에서도 얼마든지 전 애인을 냉대할 수 있는 여자. 그가 내 언니다. 언니가 많이 얄미웠다. 그러나 팔은 안으로 굽는 법. 심사숙고 끝에 나는 결론을 내렸다. 언니는 좀 있으면 결혼한다. 그런 언니에게 이 편지를 보여 준단 것은 말도 안 된다. 그러면서 세현이란 사람의 집념이 걱정되기도 했다. 마지막 제의까지 거절당한다면? 아니 무시당한다면? 혹시 결혼식장에 좇아 와서… 아! 어쩌나? 나는 괜히 편지를 뜯어봤다고 후회했다. 그냥 방구석에서 공부나 하지 왜 나가 인사를 했을까. 애초에 편지를 받는 게 아닌데. 그날 나는 밤을 꼬박 새웠다. 언니처럼 공부하느라 밤샘해 본 적은 한 번도 없던 내가.

이튿날 학원에서도 공부를 할 수가 없었다. 결국 머리가 아프다며 핑계 대고 학원을 나왔다. 집에 가기엔 시간이 이르고 어슬렁거리며 간 곳이 소희가 있는 터미널이다. 그런데 거기에서 또 하나의 고통을 보게 되었다. 소희가 얼마나 울었는지 눈이 퉁퉁 부어 있는 게 아닌가.

"소희야! 너 얼굴이 왜 그래?"

내가 놀라서 묻자 소희는 눈물부터 흘렸다. 그리고 전혀 생각지도 않은 말을 나에게 들려주었다.

"난 분명 오빠랑 내가 사귀는 사이인 줄 알았어. 그런데 오빤 서울로 이사 간다 그러면서 잘 있으라고 한마디만 하는 거야. 다른 말 하나 없이."

생각지도 않은 꽃을 주고 서울을 옆집 드나들듯 하면서 수없이 얼굴을 마주쳤다. 친절하게, 다정하게 웃으면서. 어떤 여자가 오해를 안 한담.

"흑흑, 기껏 이사 간다고 얘기할려구 만난담 흑흑."

나는 가슴이 소리 내며 내려앉는 걸 느꼈다.

"너 그 사람이랑 만나는 사이였어? 데이트했단 말이야?"

"응."

나쁜 자식! 그 순간 아마 내 얼굴에서 핏기가 가셨을 것이다. 그러면 그렇지 언니가 괜히 찼겠니? 언니에게 일편단심인 척하면서 또 다른 여자애를 만나고 다녀? 확실한 양다리잖아. 모름지기 편지에 쓴 오해란 것도 아마 여자에 관한 것이리라 짐작이 갔다. 얼굴값 하네! 나는 소희에게 슬그머니 우리 기분도 그런데 서울에 가자고 속삭였다.

호반이란 찻집은 언니가 서울 있을 때 나도 몇 번 가본 곳이다. 그곳에서 만난 언니는 옷도 사주고 근사한 레스토랑에도 데리고 갔다. 쌀쌀맞은 언니가 아닌 다른 사람 같은 언니. 친절하고 다정하고 어쩐지 신비롭기까지 했는데. 그때 언니는 다른 세상 사람 같았다. 그 신비감은 언니가 집에 돌아오고 사라졌다.

신경질적인 권위와 낮은 목소리의 차가움. 사사건건 나를 뛰어넘는 언니의 독주. 그것은 자라면서 질리도록 실컷 맛본 것이었다.

이제 결혼하면 다시 그 신비로운 언니로 돌아갈까. 아무튼 언니를 무사히 형부와 결혼시켜야 해. 소희랑 같이 세현을 만나자. 소희를 보면 저도 양심상 깨닫는 게 있겠지. 봐라 여기 네가 믿을 수 없는 인간이란 증거 소희가 있다. 너 같은 바람둥이를 누가 좋아하겠니? 우리 언니가 너한테 냉정한 거 당연하다. 더 이상 우리 언니에게 치근대지 마라. 나는 며칠을 세현에게 할 말을 생각하며 보냈다. 너무 기분 나쁘지 않은 적당한 말을 연구하고 혼자 연습했다. 결국 한마디도 못 하고 말았지만.

그날이 되었다. 소희와 나는 서울행 버스에 몸을 실었다. 소희는 모처럼 외출에 마음이 들뜨는 모양이지만 나는 긴장되는 것을 어쩌지 못했다. 너무 얼지 말아야 할 텐데… 너무 어색해도 안 될 텐데…

그런데 막상 호반에 들어서서 세현을 찾던 나는 세현이 웬 여자와 마주 앉아있는 것을 보았다. 호반은 꽤 규모가 큰 다방이라 이층까지 있다. 아래층을 둘레둘레 살피다가 이층에 올라가자 좀 전에는 눈에 띄지 않던 세현이 아래층 한구석에서 어떤 여자와 마주 앉아있는 것이다. 순간 배신감이 들었다. 화가 났다. 저 인간 참 어지간하구나! 저런 인간이라면 약속쯤 무시해도 되지 않을까. 나는 세현을 만나지 말고 그냥 갈까 하는 충동을 느꼈다. 그런데 마주 앉은 여자의 뒷모습이 아무래도 언니 모습을 닮았다. 다시 한 번 그들 쪽을 보았을 때 나는 그 여자가 언니임을 깨달았다. 정신이 번쩍 들었다. 언니가 어떻게 여기에? 만약의 경우를 대비해 언니에게도 편지를 준 걸까? 안 나오면 가만두지 않겠다! 협박이라도 한 것일까. 그렇지 않다면 두 사람이 마주 앉은 저 상황을 어떻게 이해해야 하나.

소희는 내 마음도 모르고 음악도 좋고 분위기도 좋고 참 잘 왔다면서 쉬지 않고 종알거린다. 계집애 아무것도 모르면 가만이나 있지. 두 사람 사이의 미묘한 긴장감이 흐르는 것 같다. 나에게는 그렇게 보였다. 그런데 언니가 일어선다. 세현은 그대로 앉아있다. 언니는 천천히 걸어서 다방을 나갔다. 세현은 여전히 앉아있고. 어떻게 된 걸까? 언니가 갔다는 것이 확실히 깨달아진 나는 천천히 소희에게 말했다.

"소희야 저 사람 누구니?"

"응? 누구?"

소희는 두리번거렸다. 아래층의 세현을 발견하기까지 잠깐 시간이 걸렸으나 소희의 눈이 커졌다. 어머! 세현 씨! 소희는 말을 잇지 못한다.

"가봐."

잠깐 소희는 망설였다. 가봐. 다시 내가 부추기자 일어나서 아래층으로 내려갔다. 나는 그 자리를 얼른 빠져나왔다. 왜 그랬는지 모른다. 앞뒤 생각 없이 한 짓이다. 모름지기 그 시간이 지나면 세현을 다시는 만날 길이 없다. 어쨌든 나는 나설 수가 없었고, 그래서 소희라는 매개체를 내세운 건 아닐까?

지금도 그 순간을 생각하면 나의 경솔함이 얼마나 후회되는지 모른다. 나중에 시간이 많이 지난 후 나는 언니에게 물었다. 그때 어떻게 된 거야? 처음 언니는 대답하지 않았다. 나는 내가 호반에 가게 된 경위를 자세히 설명했다. 언니는 적이 당황했으나 결국 이실직고하고 말았다.

사실은 형부가 군대 간 후 세현의 데이트 신청을 몇 번 받아주었단다. 두 사람이 막 친해질 무렵 언니가 아연실색할 일이 생겼다. 세현과 동거하는 다방 여자가 찾아온 것이다. 언니는 서울 생활을 접고 집으로 돌아와 버렸다. 그다음은 나도 다 아는 그대로라고. 그날 호반에 간 것은 친구와 약속이 있어서였는데 세현과 만나 당황했다고도 털어놓았다.

세현은 소희와 동거하고 아이를 낳으면서 충분히 나를 실망시켰다. 그때서야 나는 언니가 다시 보였다. 언니가 아무리 냉정하고 이지적이어도 이세현이란 미남의 유혹을 끝까지 뿌리치지는 못했다. 그 점은 그래도 인간적이다. 형부한테는 좀 미안하지만. 하지만 이세현의 인간성을 파악한 언니는 마치 칼로 무 자르듯 그를 버렸다. 아무리 치명적 단점이 드러났어도 그렇지, 어떻게 단번에 끊어버릴까. 참 독종 언니답다. 나이를 먹은 요즈음에는 언니가 매우 현명했다고 생각한다. 어릴 땐 맵고 찬 언니가 정이 안 갔는데.

소희를 세현과 만나게 하고 돌아온 후 나는 주일이 올 때까지 지그시 기다렸다. 소희에게 쫓아가 세현과의 재회가 어떠했으며, 어떤 대화를 주고받았는지 너무 묻고 싶었지만 참았다.

주일날 만난 소희는 매우 행복해 보였다. 내가 넌지시 세현의 얘기를 묻자 부끄러운 듯 미소 지었다. 모르긴 해도 소희로서는 만족한 결과가 있음에 틀림없었다. 아! 그때라도 세현에 대해 자세히 이야기해 주었으면 좋았으련만. 그가 믿을 수 없는 사람임을 일깨워 주었어야 했다. 적어도 친구라면 마땅히. 그러나 나부터 세현에게 눈이 멀어있었다. 그리고 부끄럽지만 질투심 때문에 어떻게 처신해야 할지 몰랐다는 것을 고백하지 않을 수 없다.

세현의 차선의 선택은 소희인가? 그렇게 세현의 의중을 짚으며 질투를 불태웠던 것이다. 또 언니가 얽힌 내용 때문에도 함부로 말을 꺼낼 수가 없었다. 머리만 조금 쓰면 둘러댈 수도 있었는데. 그때만 해도 어리숙했던 나로서는 그건 상상도 못 했다. 언니의 허물이 되는 이야기는 친구일지라도 할 수 없었던 나였다. 차일피일 시간이 흘렀다. 나는 소희에게 세현에 대해 끝까지 아무 말도 안 했다.

결국 소희는 결혼식도 하지 않은 채 준이를 낳았다. 우리 동네에서는 난리가 났다. 소희와 세현, 그들은 얼마간 같이 살았으나 말 그대로 얼마간이다. 세현은 한동안 가출과 귀가를 번갈아 하더니 소희 모자에게 집 한 채 달랑 마련해주고 발을 끊었다. 그래도 잊을 만하면 나타나 준의 학비에 쓰라고 몇 푼 주고 간다고 했다. 그리고 아예 행방이 묘연해지곤 했다. 인생을 방황하며 사는 사람도 있다더니, 그게 바로 이세현 그 사람이다.

소희나 준을 볼 때마다 나는 언제나 가슴 한켠이 쓰라렸다. 더욱이 세현을 그대로 닮아 희고 잘생긴 준의 모습은 더욱 내 양심을 아프게 했다.

장례식장은 그야말로 눈물바다다. 소희의 모습은 너무 애처로워 차마 볼 수가 없다. 그리고 그 곁에 소희의 옛 모습 같은 며느리도. 며느리 역시 어린 나이에 시집와서 첫아들을 낳고 그 애가 돌 지난 지 얼마 안 된다. 어떻게 시어머니와 며느리가 같은 처지가 된단 말인가 준의 애비 이세현은 제 아들이 이렇게 된 거 알고나 있을까? 천벌 받을 인간!

그래도 착한 소희를 안타까워하는 이웃들이 문전성시를 이루고 있어 다행이다. 나도 착한 이웃의 하나가 되어 뻔뻔스럽게 울면서 소희 곁에 있다. 밤이 늦어지자 집을 너무 오래 비운 것 같아 자리에서 일어섰다. 잠깐만 다녀온다고 하자, 천성이 착한 소희는 오지 마, 힘들게 뭘 또 오냐고 한다. 소희는 남의 신세지는 것도 부담스러워 한다. 준이 태어났을 때 세현을 다그쳐 결혼하랬더니 그 사람이 형편이 안 되어서 그런다며 오히려 감싸던 소희이다.

소희의 부모도 답답하긴 마찬가지였다. 세현을 보면 어서 형편이 펴야 할 텐데 하고 걱정부터 해주었다. 결국 결혼식 전에 세현의 마음이 먼저 떠났다. 집에서는 서로 끌어안고 울망정, 세현에게나 그 부모에게 항의조차 변변히 못한 그들이다. 남에게 모진 소리 한 번 못하는 그들은 바보인가 아니면 너무 착한 건가.

내가 보기엔 너무 착한 사람들이다. 소희 위로 오빠 하나 언니 둘이 있는데 그들도 부모를 닮았다. 착한 사람이야말로 대우받아야 하지 않을까. 바보 취급받으며 산다면 세상이 잘못된 것 아닐까.

나는 천신만고 끝에 지방 대학에 진학하고 거기서 만난 사람과 결혼했다. 내 결혼식 때 소희와 그 가족이 얼마나 부러워하던지, 소희에게 내 신랑이라도 빌려주어서 결혼식 사진만이라도 찍게 해야 하는 게 아닐까 고민이 들 정도였다.

장례식장을 나오는데 웬 사람들이 온다. 무심코 걷는데 눈이 번쩍 뜨였다. 좀 나이 들고 초라하긴 해도 분명 이세현 그 사람이다. 그가 누군지 모르는 사람들의 부축을 받으며 울면서 걸어온다. 나는 시선을 떼지 못한다.

이세현은 아들 준의 영정이 보이자 그만 고꾸라진다. 아이구! 내 새끼야, 이게 웬일이냐면서 데굴데굴 구르며 운다. 주위의 시선이 모인다. 소희가 같이 울기 시작하면서 장례식장은 온통 울음바다로 변한다. 나도 어느새 목을 놓아 그들과 같이 울고 있었다.

마장역에 가면 우나가 있다

맑던 하늘이 어두컴컴해진다. 하늘이 왜 이러지? 내가 오늘 아침 일기예보를 안 들었구나. 부지런히 걸어보지만 이미 빗방울이 어깨를 툭툭 친다. 친한 척하지마, 빗방울 난 네가 싫어.

어쩔 수 없이 아무 건물이나 뛰어 들어간다. 넓은 현관은 이미 많은 불청객이 들어서 있어 발 디딜 틈이 없다. 볼일이라도 있는 것처럼 안으로 깊숙이 들어간다. 눈에 화장실이란 팻말이 보인다.

화장실은 안쪽 구석에 있다. 게다가 휴지도 없다. 어쨌든 한숨 돌리며 변기에 앉는데 띠리리링 휴대 전화 신호음이 울린다. 누구야? 다소 짜증스레 전화를 받는다.

"엄마다."

질문 공세가 쏟아진다.

"어디니? 아직 일 안 끝났어? 언제쯤 오니?"

일일이 대꾸하기도 귀찮다. 그저 응응하다 보니까 일찍 들어와! 하면서 통화는 끝난다. 별로 할 말도 없으면서 전화는 왜 한담? 내가 뭐 어린 앤가. 딱히 엄마에게 불만이 있는 건 아니면서 괜시리 툴툴거려 본다.

"그 새 비가 그쳤나?"

들어온 곳과 반대쪽 출구로 신세 진 건물을 나선다. 그러니까 여기는 뒷골목이구나. 새로 지은 빌라 몇 동이 깨끗한 느낌을 주며 서있다. 예나빌라 실입주금 얼마부터. 도대체 그게 무슨 뜻인지 정확히 난 모른다. 그냥 가격이 얼마라고 하면 쉬울텐데. 그리고 이름이 하필 왜 예나빌라람.

걷다 보니 시간이 궁금하다. 오늘 아빠랑 점심 약속했는데 내가 왜 여기서 이러고 있지? 몇 시까지 가겠다고 했더라…

그러면서 문득 시야에 들어오는 간판이 읽힌다. 한마음 슈퍼마켓. 응? 한마음 슈퍼마켓? 나는 화들짝 놀란다. 한마음 슈퍼마켓은 영우랑 내가 거의 매일 들락거리던 곳이다. 어제라고 밖엔 말할 수 없는 그때에. 나는 두리번거린다. 낯익은 건물들이 하나둘 보이기 시작한다.

"아이스크림 주세요."

아이스크림을 건네며 주인아줌마가 내 얼굴을 자세히 본다.

"낯이 익네."

아마도 내 얼굴은 웃음도 울음도 아닌 어정쩡한 표정이리라. 아이스크림을 한입 베어 물며 어느새 내 눈은 젖어 든다. 누가 보면 정신 나간 사람인 줄 알 거야. 나는 선글라스를 꺼내 쓴다.

"우리 엄마 돌아가시던 날 내 곁엔 아무도 없었어."

아픈 이야기를 하면서도 내내 맑은 눈동자 하얀 얼굴로 싱긋 웃던 영우. 엄마랑 단둘이 살던 영우는 엄마가 암인 줄을 몰랐다고 했다. 알았음 어떻게든 살리려고 몸부림쳤겠지. 아빠라고 불렀던 큰 외삼촌은 영우를 귀애했다. 어느 날 왜 울 아빠를 아빠라 부르냐며 큰 삼촌 아들 우혁 형이 영우를 호되게 두들겨 팼다. 외삼촌에게 아빠라고 하면 안 된다는 걸 처음 알았다. 그날 영우는 엄마에게 왜 난 아빠가 없냐고 물었다. 엄마는 미안하다며 밤새 울었다. 그리고 모자는 이사했다. 외삼촌들이 사는 동네에서 먼 곳으로.

아! 그래서 별안간 이사했었구나.

"그럼 아빠에 대해선 아직 암 것도 모른단 말야?"

영우는 고개를 끄덕였다.

영우는 초등 동창생이자 나의 피아노학원 원장님의 아들이다. 자그마치 삼 년 동안 한 반을 하고 짝꿍도 여러 번 했다. 그런데 6학년 되던 어느 날 별안간 영우가 전학을 가버렸다. 나에게 한마디 말도 없이. 6학년 때는 한 반은 아니었지만, 우린 커

플이라고 소문났었다. 영우가 보고 싶어서 나는 남몰래 울기도 여러 번 했다.

엄마 돌아가신 후 그녀가 키우던 새끼 고양이를 키우며 산다는 영우였다. 고양이라면 질색을 하던 나는 영우 품에 안겨 가르릉대는 고양이는 싫어하지 않았다. 아마도 영우 품에 안겨 있었기 때문일 거다.

"고양이 좋아해?"

영우는 고개를 끄덕였다.

"엄마 돌아가시고 난 혼자였어. 오직 티나만 내 곁에 있었어. 밥 먹기 싫고 살기도 싫을 때 티나 아니었으면 아마 굶어 죽었을 거야. 티나가 배고프다고 양양거려서 티나 먹이려고 우유를 사오고 밥을 하다 보니까 나도 같이 먹게 되더라고."

고마운 티나. 영우에게 위로를 준 티나가 얼마나 예쁘게 보이던지!

우린 대입 재수 학원에서 다시 만났다. 첫눈에 서로를 알아봤다. 만나자마자 우린 초등학교 시절로 돌아갔다. 영우가 엄마 돌아가신 후 혼자 살고 있다는 걸 알게 되면서 그들이 살던 보금자리도 들락거리게 되었다. 그때 우리 집은 엄마 아빠의 싸움이 그칠 새가 없었다. 난 집이 싫었다. 영우를 만나는 것만이 유일한 즐거움이었다. 우린 매일 만났다. 그리고… 우린 결혼했다. 비록 친구 몇 명만 참석한 비공식 결혼식이었지만.

처음 영우는 결혼을 반대했다.

"널 고생시키긴 싫어."

"나도 널 혼자 놔두긴 싫어!"

내 주장이 훨씬 강했다. 하나가 된 우린 행복했다. 그 행복이 가끔 깨질 때가 있었다. 맨 처음 우리 집에서 이 사실을 알고 난리가 났다. 엄마는 처음으로 내게 손찌검을 하고, 욕을 퍼붓고 제정신이 아닌 것 같았다. 어떻게든 날 집으로 데려가려 했다. 영우의 뺨을 때리며 날뛰던 엄마를 나는 지금도 미워한다.

엄마의 강도 높은 욕설과 행패 앞에서 영우는 그저 나 죽었소로 일관하며 용서를 빌었다. 그런 영우가 너무 가슴 아파 나는 엄마에게 대들었다.

"우린 성인이야! 엄마 아빠 동의 없이도 얼마든지 결혼할 수 있어. 그리고 우린 이미 결혼했다구!"

얼굴이 하얗게 질린 엄마가 돌아가자 나는 영우에게 이사를 하자고 했다. 영우는 반대하며 오히려 나를 달랬다.

"당장 안 볼 것처럼 이사해도 그게 다가 아니야. 난 두 번 다시 가족 친척을 떠나 멀리 안 갈 거야. 엄마 장례를 치를 때 너무 쓸쓸했어. 외삼촌들과 형들은 와주었는데 외숙모들은 끝까지 안 왔어. 외삼촌이랑 형들이 정말 고맙더라. 예전에 그렇게 떠나버리지 말고 그냥 어울려 살았다면 외숙모들도 그렇게까지 안 했을 텐데. 그때 깨달았어. 아무리 정이 떨어지고 싫을 때가 있어도 그래도 가족밖엔 없다는 걸."

그런 영우가 고맙기도 하면서 어찌나 마음이 아프던지… 아무튼 나는 영우의 뜻을 꺾지 못했다.

"그래, 네가 견디겠다면 나도 견디어 볼게."

영우는 대견하다는 듯 나를 보며 눈으로 웃었다.

"지금은 미워해도 언젠가 받아주실 거야. 우리가 잘살면. 노력하자."

착한 영우. 그런 영우를 몰라주는 엄마 아빠가 얼마나 야속하고 미운지 몰랐다. 그러면서 한편으론 어떻게든 영우를 인정받게 하고 싶었다. 머리를 쥐어짜며 궁리하던 끝에 기껏 떠오른 생각은 내가 아기를 낳는다는 거였다. 영우에게 슬그머니 그런 뜻을 비쳤지만 반대했다.

"우리가 아이를 낳는다면 애가 애를 낳는 거야. 우린 아직 부모가 되긴 일러."

내가 알기로 우리보다 어린 나이에 부모가 된 사람도 있었다. 나는 영우 몰래 슬그머니 피임약 복용을 중지해 버렸다. 하지만 아무리 기다려도 아이는 들어서지 않았다. 아! 애기를 갖는 게 쉬운 일이 아니구나. 새삼 어린아이들이 신기하게 보이기 시작했다. 영우 말마따나 애가 애를 낳는 격이라 그런지도 모른다. 좀 더 나이를 먹어야 될까….

그러던 중에 사고가 났다. 영우가 애지중지 기르던 고양이 티나가 거리에 나갔다가 그만 차에 치어 버린 것이다. 사고 현장을 목격한 친구가 소식을 알렸다. 티나의 처참한 모습은 차마 볼 수가 없었다. 영우는 울면서 차가 오가는 혼잡한 거리에서 티나의 갈가리 찢긴 몸을 수습해 종이 상자에 담았다. 영우가 울면서 티나를 주워 담자 차들도 속도를 늦추고 천천히 지나갔다. 나는 얼마나 맘을 졸였는지 모른다. 나 같으면 도저히 못 할 일이다.

고양이 티나의 자리는 컸다. 난 솔직히 티나가 싫을 때가 많았다. 그런데 그건 내가 티나와 정들이는 과정이었던가 보다. 티나의 밥그릇만 봐도 눈물이 났고 옷에 붙어있는 털을 보면 손바닥에 올려놓고 물끄러미 바라보고 있는 나를 발견할 때도 있다. 결국 나는 영우에게 아기 고양이를 기르자고 했다. 영우는 의외인 듯 물었다.

"넌 고양이 싫어하잖아."

"아냐, 나도 고양이 잘 기를 자신 있어."

며칠 후 영우가 조그만 아기 고양이를 데려왔다.

"엄마가 없어진 고양이야. 형제가 일곱인데 다 분양되고 얘 하나만 남았어."

마치 아기처럼 양양대는 아기 고양이가 어찌나 앙증맞은지 나는 온 정성을 쏟았다.

"얘 엄마는 왜 없어진 거야?"

"뭐, 우리 티나처럼 사고를 당했겠지. 고양이는 모성애가 엄청 강해서 새끼를 버리는 일은 없다니까."

나는 고개를 주억이다 얘 이름을 티나로 할까? 물었더니 영우가 싫다고 했다.

"티나는 나한테 특별한 고양이였어. 그 이름은 그냥 놔둬. 이름만 들어도 너무 마음이 아프니까."

그래서 아기 고양이 이름은 우나가 되었다. 영우의 우와 내 이름 예나의 나를 합해서.

실상 나는 고양이에 대해 아는 것이 없었다. 고양이를 집안에서 기르려면 소, 대변을 가리도록 화장실을 마련해 주어야 하는데 그저 밥이나 주고 귀여워만 하면 되는 줄 알았으니까. 가엾은 우나는 소, 대변 때면 집안을 빙빙 돌아다니며 쩔쩔맸다. 그때마다 나는 바보같이 우나가 밖으로 나가고 싶어 그런 줄 알았다.

"밖에 나가면 더러워져."

기껏 그렇게 말하며 우나를 가둬 놓았다. 우나는 결국 우리 화장실 바닥에 볼일을 보고는 했다. 몇 번은 무던하게 참고 치웠으나 말 그대로 몇 번이었다. 차츰 짜증이 나는 게 아닌가. 고양이 배설물 냄새는 독하다. 차마 영우에게는 아무 말 못 하고 끙끙 앓았다. 우나가 싫어서 견딜 수가 없게 되었다. 티나는 다 큰 고양이였고 놓아 길렀기 때문에 티나의 소, 대변 때문에 내가 신경 쓴 적이 없었다. 우나가 볼일 볼 때 문만 열어 주었어도. 아! 나는 왜 그렇게 모르는 게 많았을까.

그날도 집안 청소를 다 마치고 돌아설 쯤 우나의 그 냄새가 풍겨왔다. 모처럼 친구와 만나기로 한 약속 시간이 되어 가는데. 큰 볼일을 푸짐하게 본 우나는 제 배설물의 냄새를 맡고 있었다. 그것을 보는 순간 참을 수 없도록 화가 치밀었다. 마침 손에 집힌 파리채로 조그만 우나의 등을 사정없이 내리쳤다. 우나의 입에서 기묘한 비명 소리가 터져 나왔다. 돌아보는 우나의 표정은 분명 일그러져 있었다. 너무 아파! 너무 하잖아! 하는 것 같았다. 그러건 말건 화가 잔뜩 난 나는 문을 열고 우나를 내쫓았다. 차라리 없는 게 낫지. 골목길 저만치 멀어져가는 우나를 보며 속이 시원해졌다.

그런데 그날 저녁 귀가하는 영우의 품에 우나가 안겨 있었다. 영우는 연신 우나를 쓰다듬으며 글쎄 이놈이 나를 기다린 모양이야 날 보더니 야옹야옹하며 쫓아오잖아 한다. 소름이 돋는 것 같았다. 나를 흘끔거리며 야옹거리는 소리가 끔찍하기까지 했다.

그 이후 영우가 집을 나서면 나는 우나를 내쫓았다.

"제발 어디로 가버려!"

하지만 우나는 언제나 영우와 함께 귀가했다. 진저리나는 배설물과의 싸움을 도저히 참을 수가 없었다. 나는 마침내 우나를 멀리 갖다 버리기로 결심했다.

마침내 그날.

영우와 한 이불 속에서 자던 우나는 영우가 일하러 간 후에도 자고 있다. 다른 땐 영우와 같이 일어나서 뒤를 졸졸 따라다니는데. 나는 미리 준비한 상자에 잠든 우나를 움켜 잡아넣었다. 그리고 보자기로 꽉꽉 쌌다. 우나가 나한테 왜 이러는 거냐며 가냘프게 야아옹거렸다.

"난 네가 싫어. 네 털도 싫고, 네 오줌똥 끔찍해!"

나는 진저리를 치며 상자를 안고 집을 나섰다. 가까운 곳에 버리면 안 될 것 같아 길을 건너서 한참을 더 갔다. 제까짓 고양이 주제에 이 정도면 찾아올 수 없겠지 싶을 때까지. 나도 어딘지 알 수 없는 동네 골목에서 상자를 풀었다. 우나는 상자에서 나오며 사방을 두리번거린다. 여기가 어디야? 하는 듯. 그리고 이내 앞을 향해 걸어간다. 조금 걷다가 뒤를 돌아본다. 왠지 가슴이 조금 아프다. 이제라도 데리고 가야 하지 않을까 싶었지만 나는 냉정하게 뒤돌아섰다.

"잘 가서 잘 살아."

내가 너무 한다는 것을 알지만 그래도 우나 때문에 영우랑 헤어질 순 없지 않은가. 사실 그런 생각까지 들 정도로 내가 받는 스트레스는 대단했다. 그때 누가 고양이 기르는 법을 제대로 가르쳐 주었으면 얼마나 좋았을까.

우나가 없는 며칠은 지극히 평온했다. 그런데 우나가 없어진 걸 알게 된 영우가 몇 날 며칠 우나를 찾아 헤맸다.

"어디로 갔지? 얘가 벌써 발정을 했나?"

"발정?"

"티나도 발정을 하면 집을 나갔었거든."

참 가지가지다. 짐승이라도 할 건 다 하네. 영우가 느닷없이 묻는다.

"너 그거 아니? 고양이는 싫은 상대 하고는 절대로 짝짓기 안 한다."

내가 그런 걸 알 리가 없지. 아무튼 고양이는 묘한 동물인 건 틀림없어. 우나가 없으니까 난 너무 편했다. 그 지긋지긋한 배설물을 안 치워도 되니까. 그랬는데 얼마 후 영우가 사고를 당했다.

그날 영우는 저녁 알바를 나가고 난 설핏 잠이 들었다. 그날따라 몹시 피곤했다. 꿈속에서 영우가 내게 손을 흔들며 웃고 있었다. 그런데 영우의 품에 우나가 안겨 있는 게 아닌가. 소스라쳤다. 눈을 번쩍 뜨고 사방을 둘러보았다. 그리고 혹시나 싶어 현관문도 열어봤다. 사방 어디에서도 고양이 울음소리 같은 건 들리지 않았다. 안심했다.

영우는 오토바이로 치킨 배달을 했다. 어쩌면 영우는 나 때문에 그렇게 됐는지도 모른다. 나랑 같이 살면서 생활비를 충당

해야 했으니까. 혼자일 땐 외삼촌들이 어떻게든 대학만 들어가라고 했다던가. 공부만이 영우의 역할이었는데 나랑 살면서는 아등바등 돈을 벌기 위해 안 한 일이 없었다. 영우 친구들이 쫓아왔다.

“저기, 예나 씨 놀라지 말아요.”

직감적으로 가슴이 내려앉았다. 이미 내 얼굴에서 핏기가 가시고 있음을 느꼈다. 상대방이 무어라 말하는지조차 들리지 않았다. 영우 친구들에게 둘러싸여 영우가 있는 병원으로 갔다.

K병원 응급실 앞에 이미 영우의 다른 친구들도 모여 있었다. 중태라고 했다. 수술실로 옮겨져 무려 아홉 시간에 걸친 대수술을 받았다. 지금도 생각난다. 아홉 시간의 수술시간 내내 우리들은 긴장을 늦추지 않고 마주 보고 있었다. 의사가 나와서 이영우 보호자분! 하고 찾을 때 우린 서로를 쳐다만 보았다. 예나 씨가 영우 보호자잖아. 누군가 그렇게 말했고 나는 등 떠밀려 의사 앞으로 나아갔다.

“환자가 매우 위중합니다. 마음의 각오를 하시는 것이 좋을 듯합니다.”

이게 무슨 소린가. 눈앞이 아득해지며 내가 기껏 낸 소리는 엄마아! 였다. 내가 할 수 있는 일이라고는 우는 거밖에 없었다. 어떻게 알았는지 엄마 아빠가 쫓아왔다. 나는 엄마 품에 안겨 울며 사정했다.

"엄마 잘못했어! 영우 좀 살려줘. 제발!"

그러나 꺼져가는 생명을 살릴 수 있는 능력은 누구에게도 없었다. 그날 밤 영우는 갔다. 나에게 지울 수 없는 아픔만을 남기고. 영우가 운명했다는 의사의 통보를 듣는 순간 나는 눈앞이 캄캄해지더니 이내 정신을 잃었다.

의식이 돌아왔다가 영우에게 생각이 미치면 나는 다시 까무러쳤다. 그 짓을 되풀이하다가 정신을 차렸을 때 이미 영우의 장례는 끝났고 난 집에 돌아와 있었다. 엄마가 영우의 장례는 잘 치렀다고 했다. 한없이 울었다. 얼마나 울었을까. 시간이 가고 눈물이 어느 정도 멈추었을 때 엄마는 물었다.

"얼마나 먹지를 못했으면 몸이 그 지경이 되니? 맨날 굶은 건 아니니?"

말대꾸하기도 버거워 입을 꾹 다물었다. 그러나 따뜻한 엄마의 손길이 내 입을 열었다.

"뭐 먹고 싶니? 그동안 못 먹은 거 다 말해. 여긴 네 집이야."

"아냐 엄마. 나 잘 먹었어."

영우랑 먹던 통닭이며 고추장 수제비 등이 떠오른다. 엄마는 나를 잘 먹이려고 작정했는지 예전에 내가 좋아하던 것을 차례대로 가져왔다. 그러나 나는 어떤 음식도 받지를 않는다. 기껏라면 몇 젓가락이 고작이었다.

"원 유별나기도 하지."

엄마가 혀를 찬다. 큰일이다. 어서 몸을 추슬러야 할 텐데… 그러면서 엄마가 한 마디 더하는데 그 순간 나는 가슴 속에서 쿵! 소리가 나며 그야말로 아찔해졌다.

"너 홀몸이 아닌 건 알고 있니?"

뭐라고? 그럼 내가 임신이란 말야? 아! 영우가 살아있었다면! 그토록 기다리던 아이건만 지금은 조금도 기쁘지 않고 오히려 암담한 생각까지 들었다. 엄마는 냉정하게 말했다.

"엄마가 구구절절 애비 없이 애 키우는 거에 대해서 설명할 필요 없지?"

선택의 여지는 없다. 게다가 아빠도 엄마도 아이를 원하지 않는다고 했다.

"영우를 보렴. 그게 아버지 없는 아이의 길이란다."

그러면서 영우의 엄마가 어느 유부남과 연애하고 불륜의 씨앗인 영우를 낳은 사연을 들려주었다. 영우의 아버지는 가정이 있는 목사님이라고 했다. 두 사람이 어떻게 눈이 맞고 연애 행각을 벌였는지는 모른다고. 아무튼 영우가 태어나면서 두 사람은 헤어지고 말았다.

"목사님이니까 이혼할 수도 없었을 거구… 그리고 거기에 사남매가 있는데 가정을 버린다는 건 말도 안 되지. 아마도 영우 낳는 걸 영우 아버지도 반대했을 거야."

가정이 있는 사람과 연애한 것은 잘못이지만 제 아버지조차

원하지 않는 생명이라니 끔찍하다.

"그게 별거 아니라고 생각한다면 큰 오산이다. 모르긴 해도 영우 소식을 영우 아버지도 들었을걸. 그래도 애비니까 가슴은 찢어졌을 거야. 그러면 뭐하니? 장례식 때 코빼기도 안 보이고…"

아무도 반기지 않던 생명으로 왔다가 혼자 쓸쓸히 떠나간 영우! 영우엄마 생각도 났다. 사람들이 뒤에서 손가락질해도 영우 엄마는 끄떡없었는데. 아무리 영우를 사랑하고 귀하게 길렀어도 한계가 있었다. 얼마나 안타까웠을까? 외로운 영우를 홀로 두고 먼 길을 가야 했을 때.

"그건 맘대로 되는 게 아니란다."

엄마는 지치지 않고 나를 설득했다. 내가 얻은 결론은 비극의 주인공을 낳고 싶지는 않다는 거였다. 영우가 살아있다면 어떤 고생이라도 무릅쓰고 함께 기르겠지만. 어떤 까닭인지 내가 그렇게 마음먹자 아이는 자연 유산되어 버렸다. 영우 사고 후 제대로 못 먹고 심신이 지칠 대로 지친 탓이었을까.

"아마도 내가 저를 기뻐하지 않아서 그렇게 됐을 거야."

얼마나 마음이 아팠는지 모른다. 얼마나 많이 울었는지 모른다. 영우가 가고 나서 이번에는 아이 때문에 많은 눈물을 흘렸다.

"아가야 미안하다. 너를 위해서라면 나는 못 할 게 없어야 하는데. 너를 지켜 주지 못했구나."

나는 아직 영우와 아기에게서 벗어나지 못했다. 엄마는 어떻게든 나를 다시 학교로 보내려고 애썼다. 학교라… 학습에 의욕이 없는 나를 간판이라도 가지게 하려는 엄마의 노력은 놀랍다.

얼마 전 아빠가 어느 동네 헌집 몇 채를 사들였다고 했다. 헌집들을 헐고 빌라 몇 동을 세웠다고. 빌라 이름이 예나빌라란다. 여기가 바로 거기인가 보다. 예전 영우와 내가 살던 집과 골목은 없어졌다. 길 건너 한마음 슈퍼는 그냥 있건만.

천천히 걷는다. 우리세탁소, 아지트당구장, 파리제과점, 눈에 들어오는 대로 읽는다. 모두 영우랑 이런저런 추억이 깃든 곳이다.

"영우 아버지. 이왕에 태어났으니까 좀 돌보아주지 그랬어요? 그랬다면 영우는 아직 살아있을 텐데. 조금만 도와주었다면 그렇게 고생 안 해도 되었을 텐데. 어떻게 그렇게 영우를 팽개쳐 버릴 수가 있어요? 영우가 아주 없어져서 후련하겠네요."

나는 얼굴도 모르는 영우 아버지를 끝없이 원망한다.

"어떻게 그럴 수가 있어요? 어떻게… 나한테는 너무나 소중한 사람인데."

그러면서 이번에는 눈에 들어오는 동네 통닭을 읽는 순간 정신이 번쩍 든다. 아! 영우가 알바 하던 집이다. 맞아 저 집에서 주문받은 닭을 배달하러 가다가 사고를 당했어.

"평균 하루 세 명씩 오토바이 사고로 희생됩니다. 안전장치를 해도 일단 사고가 나면 위험한데 그마저 안하니까요."

영우의 사고를 설명하던 경찰관도 생각난다. 하루 세 명의 희생자 수에 불쌍한 영우도 포함되었다.

그때였다. 동네 통닭 옆 골목에서 고양이 새끼가 야옹거리며 걸어 나온다. 태어난 지 얼마 안 된 것 같은 아주 작은 아기 고양이다. 나도 모르게 걸음이 멈춰진다. 어머! 아기 고양이야 중얼거리며 바라보는데 큰 고양이가 잽싸게 쫓아 나오더니 아기 고양이를 물고 들어간다. 잠깐 동안 벌어진 일이다. 나는 멍하니 골목을 바라본다.

"허참, 귀찮아도 새끼를 낳아 기르니 모른 척할 수도 없고."

동네 통닭 주인 여자가 미처 나를 보지 못한 채 투덜거린다.

"저놈의 우난지 뭔지 어디 딴 데 보낼 수 없나. 저 혼자 앙앙대는 것도 듣기 싫은데 새끼들까지 울어대니 원."

우나? 내가 잘못 들은 건 아니지? 나는 말을 건네었다.

"새끼를 낳았나 봐요."

여자는 뒤도 안 돌아 본다.

"아휴 말도 마우. 다섯 마리나 낳았어요. 얼마나 시끄럽게 울어대는지… 글쎄 저놈 주인이 저놈 땜에 죽었다우. 저놈 없어졌다고 온 동네를 뒤집고 다니다가. 그랬는데 장사 다 치르고 며칠 있으니까 저놈이 집 앞에 와서 문 열어달라고 야옹야옹 우는 거야.”

세상에! 새끼까지 낳다니. 까맣게 잊었던 우나가…

“저걸 무지 귀애하던 주인 생각해서 차마 버리지 못하고 내가 거두었다우.”

골목을 물끄러미 바라보는데 설명이 계속된다. 머릿속에 우나를 향한 말이 떠오른다.

“우나! 장하구나! 새끼를 다섯 마리나 낳았다구. 넌 나보다 낫구나.”

휴대 전화가 운다. 아마 아빠일 것이다. 우나야 잘있어. 너 보러 또 올 거야. 두서없는 말들을 떠올린다.

어제에서 벗어난 나는 오늘로 천천히 걸음을 옮긴다.

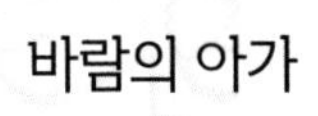
바람의 아가

일기예보에서 장마를 예보하기에 김칫거리를 샀다. 장마가 끝나면 야채 가격이 오를 테니까.

배추를 다듬어 절인다. 배추를 좀 더 빨리 숨죽이느라 짬짬이 뒤적여주면서 파와 부추를 다듬는다. 마늘과 생강은 진즉에 갈아서 냉동 칸에 켜켜이 두고 쓰기에 일손이 덜 바쁘다. 그래도 김치를 할 땐 언제나 할 일이 많다. 찹쌀풀을 쑤고 배와 양파를 갈고 부추와 파를 썰어 큰 양푼에 넣고 고춧가루와 젓갈을 넣고 버무린다.

나와 아들은 익은 김치를, 남편은 금방 담근 겉절이를 선호한다. 잘 익은 김치 맛은 예술이다. 아무리 참기름과 깨로 범벅을 한 겉절이라도 잘 익은 김치 맛과는 비교가 안 된다. 그럼에도 남편은 익은 김치를 시다며 싫단다. 한 가정 안에서도 극명하게 입맛이 갈린다. 아무튼 나를 피곤하게 하는 이유다. 김치를 한참 버무리면 이마에 땀방울까지 송송 내밴다.

하필 이때 따르릉 전화벨이 울린다. 지금은 손 쉴 틈이 없다. 전화를 받을 수가 없는데. 내 사정을 알 리 없는 누군가는 계속 벨을 울려댄다. 잠깐 전화 쪽을 흘겨보다가 일회용 장갑을 벗는데 땀에 젖어 잘 안 벗겨진다. 아휴… 한숨이 절로 나온다. 다소 짜증 섞인 소리를 냈으리라.

"여보세요."

수화기 저쪽에서 응답이 없다. 끊어졌나? 잘 됐다 싶어 수화기를 내려놓으려는데, 선희야 나야 한다.

"어! 수재구나. 나 바빠 용건만 간단히…"

나는 김치 쪽을 바라보며 안달스럽게 말해 버린다. 이 순간이 한 동네서 태어나 같이 자란 친구와의 마지막 통화인 줄은 꿈에도 모르고. 아 나는 왜 그때 김치를 버무리고 있었을까. 하필 그때….

수재는 바쁘니 하고는 그럼 끊을게, 했다. 나는 수화기를 내려놓으며 수재의 목소리에 무언가 묻어 있는 듯해서 조금 언짢았다. 그러나 일에 몰두하며 잊고 만다. 김치가 뭐기에, 먹어도 그만 안 먹어도 그만인데. 김치 한 끼 안 먹는다고 무슨 큰일 날 것도 아닌데.

며칠 후 지후 오빠가 다급한 소리로 만나자고 한다. 별로 할 일도 없어 약속 장소에 일찌감치 나갔다. 지후 오빠는 벌써 와 앉아 있었다. 인사를 하고 자리에 앉아 열대어가 헤엄치는 수족관을 건성 보는 채 하지만, 머릿속으로는 지후 오빠 얼굴이 너무 창백하다. 왜지? 생각을 굴린다. 지후 오빠가 무어라 말하는 내용이 귀에 전달된 순간 나는 그만 비명을 지르고 만다.

"수재가 행방불명이라니! 벌써 오 일째! 오 일째라구!"

나는 허둥대며 되풀이한다. 오 일 전이면 그날이다. 전화를 걸어 바쁘다는 내 응답에 전화를 끊은 수재는 어디로 갔단 말인가. 불길한 예감이 짓누르지만 나는 애써 예감을 부정한다. 뭐 수재가 없어지는 건 처음도 아닌데.

"우리 교회 교육관을 다시 짓는다더라."

지후 오빠는 별로 필요하지도 않은 말을 중얼거리며 맥없이 앉아있다. 그날, 그러니까 내게 전화했던 날 수재는 지후 오빠의 부인에게 호된 봉변을 당했단다. 지후 오빠가 이혼이야기를 꺼낸 것이 문제였다. 수재는 아버지가 돌아가신 지도 얼마 안 됐는데 머리채를 잡히고 마구 두들겨 맞았다는 것이다. 친구라고 전화한 건데 나한테서 기껏 바쁘니까 용건만 간단히 하라는 소리만 들은 수재는 어디로 간 걸까. 어디로?

가엾은 수재. 나는 그만 울고 싶다. 수재가 너무 불쌍해서 가슴이 미어지는 것 같다. 수재는 야탑의 작은 아파트에서 아버지와 단둘이 살고 있었다. 아버지가 돌아가시던 날 수재는 전화로 아버지가 이상하다며 울먹였다. 나는 어서 119에 전화를 하라고 대꾸하고 어느 병원으로 갈 것인지 알려주면 바로 뒤쫓아 간다면서 되도록 침착하려고 애썼다. 내 딴에 침착하려 했지만 어찌나 가슴이 둥당거리던지 정신이 없었다.

병원으로 달려갔을 때 수재의 큰오빠와 작은오빠 그리고 지후 오빠도 와있었다. 수재에겐 나한테는 하나도 없는 친오빠가 둘이나 있었다. 새삼스럽게 그 사실에 나는 마음이 놓였다.

아버지의 상태가 위중해 오늘 밤이 고비라는 의사가 말에 창백한 얼굴로 앉아있던 수재가 푹 쓰러졌다. 의식을 잃은 수재가 응급처치를 받는 동안 그녀의 아버지는 운명하셨다.

오빠가 둘이나 있어도 수재가 아버지를 모셨다. 수재는 오빠들을 원망하지 않고 아버지를 극진히 모셨다. 어차피 혼자 사는데 뭐 오히려 내가 아버지 덕을 보는 거야 덜 외롭잖아, 하면서.

수재가 깨어났을 때 우리 중 누구도 아버지 별세 소식을 전할 수가 없어서 서로 눈치만 보았다. 그런데 수재가 아버지 돌아가셨지? 하는 게 아닌가.

"나, 아버지를 봤어."

우리 모두는 수재의 입을 바라 볼뿐인데, 수재는 마치 꿈을 꾸듯 말했다.

"아버지가 어머니와 손을 잡고 웃으면서 나에게 손을 흔드셨어. 나 울 엄마 봤어. 사진이랑 똑같았어."

그런 수재를 지후 오빠가 다가가 꼭 안아 주었다. 아무도 무어라 하지 않았다. 2박 3일의 장례기간 동안 수재는 상제의 도리를 다했다. 장례가 끝나자 수재는 다시 야탑에서 홀로의 삶으로 돌아갔다.

우리가 아직 어릴 때부터 지후 오빠는 수재의 남자였다. 우리들은 한동네 한 골목에서 나란히 태어나 자랐다. 집 구조까지 같았던 그 동네 그 골목. 수재는 유난히 하얀 피부에 큰 눈을 가진 아이라 누구든지 한 번 더 쳐다보고는 했다. 모두에게 귀염을 받는 수재가 부럽기도 하고 샘나기도 했던 내 어린 날들이었다.

엄마가 일찍 세상을 떠난 탓에 수재는 불우한 어린 시절을 보냈다. 수재 엄마가 돌아가셨을 때 우리 엄마를 비롯해 동네 엄마들이 삼삼오오 골목에 모여 혀를 차기도 하고 눈물을 찍어내기도 하던 모습이 지금도 또렷이 기억난다.

"막내가 겨우 여섯 살이라며요?"

"아유우, 어떻게 해!"

그 막내가 수재다. 엄마 상여가 나가는 날 수재는 울면서 오빠들 뒤를 따라갔다. 수재 아버지가 너무 어려서 장지에 데려갈 수가 없다면서 우리 엄마에게 수재를 부탁했다. 엄마는 수재의 손에 사탕을 쥐여 주며 붙잡았다. 사탕을 본 수재는 눈물 젖은 얼굴로 웃었다. 아! 가엾은 수재.

그날부터 수재와 나는 거의 같이 살았다. 우리 엄마가 수재를 많이 챙겼기 때문이다. 엄마는 먹을 것이 있으면 꼭 수재를 불러다 나랑 같이 먹였다. 수재는 우리 엄마를 엄마라고 불렀다. 난 그것이 너무 싫었다. 우리 엄마가 왜 네 엄마야? 못되게 수재한테 화를 내고 엄마 소리를 못 하게 했다. 그걸 본 엄마가 나를 타일렀다.

"수재도 내가 제 엄마 아닌 거 알고 있단다."

"그런데 왜 울 엄마보구 엄마라구 그래? 싫어 싫단 말야!"

물끄러미 나를 보던 엄마가 한숨처럼 말했다.

"엄마가 그리워서 그러는 거야. 엄마가 너무 보고 싶어서. 어떡하니 선희야. 암만 보고 싶어도 수재 엄마는 이 세상에 없고 할 수 없이 제일 친한 친구 엄마를 엄마라고 부를 수밖에."

마냥 싫다고 우겨대던 나였지만 엄마의 그 말은 어떤 설득력이 있었다. 그래서 나는 제일 친한 친구의 이름으로 수재와 엄마를 잠깐만 나누어 가지기로 했다.

그런 수재에게 엄마가 생겼다. 우리들이 나란히 초등학교에 입학할 무렵 수재의 아버지가 새로운 부인을 맞이한 것이다.

"너도 엄마가 생겼으니까 좋지? 이제 우리 엄마보구 엄마라구 안 할 거지?"

나는 철없이 수재에게 조잘거렸다. 우리 엄마의 표정은 어두

웠지만.

"새엄마가 애를 곰살궂게 보살펴 주면 좋으련만…"

나는 엄마가 수재한테 지나치게 신경 쓰는 것이 싫었다.

다행히 새엄마는 수재에게나 수재 오빠들에게 곰살궂었던 모양이다. 동네 엄마들과도 사이가 원만해서 수재의 새엄마는 우리 집에 마실도 오곤 했다. 수재와 수재 오빠들의 입성이 깨끗해졌다고 엄마들이 수군거렸다. 참 잘됐다고 나도 은근히 좋아했다.

그런데 어느 날 수재 새엄마가 가버렸다. 아, 아! 새엄마란 친엄마랑 다른 거구나. 어린 나는 그렇게 이해할 수밖에 없었다. 그리고도 몇 번을 수재의 새엄마는 다른 사람으로 바뀌었다.

어른들의 이해할 수 없는 사정이 못내 궁금했던 나는 어느 날 정색을 하고 엄마한테 물었다. 수재네 새엄마는 왜 자꾸 가는 거야? 엄마는 한숨을 쉬면서 너는 말해도 몰라, 라고 했다. 지금도 알 수 없는 그 사정을 어린 나에게 어떻게 설명하랴.

그래도 정말 다행히 수재의 새엄마 한 분은 좀처럼 돌아가지 않았다. 이번에는 무던하게 살 모양이야. 엄마들이 그렇게 수근댈 무렵 우리 집이 이사를 했다. 내가 태어나고 자란 아현동을 떠나 정동으로 옮겼다.

수재가 우리 집에 인사하러 왔다가 엄마 품에 안겨 많이 울었다. 엄마, 엄마 하면서… 그 모습을 보며 어쩐지 슬퍼서 나도 같이 울었다.

엄마는 수재에게 진득한 좋은 엄마가 생겨서 정말 다행이라고 두고두고 마음을 놓았지만 그 새엄마는 수재가 고3 때 돌아가셨다.

살던 동네를 떠나 헤어졌어도 우리들은 주일에 교회에서 여전히 만났다. 우리들의 교회는 서대문구에 있었는데 기독교가 처음 이 땅에 들어온 초기에 선교사가 세운 교회이다. 외국인 목사와 가족들이 사택에 살고 있었다.

눈이 파랗고 피부가 희고 머리가 노란 그 아이들과 우리는 어울려 놀곤 했다. 선교사 아이 중 한 아이가 우리 또래였는데 수재에게 과자를 가져다주기도 하고 특별한 호의를 보였다. 모르긴 해도 그때부터 수재와 지후 오빠가 어떤 감정을 갖게 되었을 것이다. 선교사 아들 때문에 그렇게 된 건 아니었을까.

어린 시절 우리는 그냥 친한 동네 오빠와 동생들이었다. 제일 먼저 내가 남몰래 지후 오빠를 좋아했다. 어느 틈에 그렇게 된 것일까? 나조차도 모르는 사이에 좋아하는 마음이 싹트고 자란 것이었다.

지후 오빠와 수재가 좋아하는 사이를 공공연하게 드러낼 때 나는 내 마음을 감춘 채 그들과 어울려야 했다. 가장 마음 아픈 때가 아마도 중학교 2학년인지 3학년 무렵일 것이다.

지후 오빠는 수재를 너무나 챙겼다. 수재의 처지가 안타까워

더 그랬을 것이다. 나는 때로는 이해하고 또 때로는 질투하면서 그들의 사랑을 지켜봐야 했다. 성탄절이며 문학의 밤 등 교회 행사를 비롯한 우리들의 성장기는 숱한 추억을 만들었다.

다시는 돌아오지 못할 그 시절. 나는 스스로를 달래고 체념하며 오로지 공부에 몰두했고, 우리들의 헤어짐도 서서히 다가왔다. 제일 먼저 지후 오빠가 군대에 갔다. 교회에서 성가대를 하고 악기를 다루던 그는 공군 군악대원이 되었다.

내가 지후 오빠를 좋아한다는 것을 수재는 전혀 눈치채지 못했다. 수재는 지후 오빠를 만나러 갈 때나 전화 걸 때 나를 동행할 때가 많았다. 수재네 집에는 전화가 없어서 동네 약국에 가서 공중전화를 이용했다. 수화기 저 너머에서 들려오는 지후 오빠의 음성을 듣는 수재의 표정은 행복 그 자체였다.

차라리 고문을 받는 쪽이 더 나을 거야 생각하면서도 내색조차 못 한 나였다. 지금까지도 너무 아픈 기억이다. 수재나 지후 오빠가 내 감정을 모르게 하는 것이 우정이라고 굳게 믿은 나는 지그시 견디어냈다.

지금도 생각나는 유난히 추웠던 그 겨울, 지후 오빠에 이어 수재도 사라졌다. 지후 오빠가 군대에 간 얼마 후 수재는 아예 교회 출석을 그만두었다. 애는 교회를 뭐 심심풀이로 다닌 건가? 아니면 데이트 장소로 이용한 건가. 엄마한테 그렇게 투덜대면서 나는 수재를 비난했다. 숨길 수 없는 질투심이 드러났던

게 아닐까 싶었다. 이내 치열한 입시 준비로 말미암아 수재나 지후 오빠를 생각할 겨를이 없게 되었다.

나는 대학에 입학하기까지 서서히 수재를 잊어갔지만 아주 잊을 수는 없었다. 마치 책장에 꽂아두었던 책을 꺼내어 다시 읽는 것처럼 수재의 생각은 수시로 나에게 찾아왔다. 그래도 만나러 갈 시간은 없었다. 문득 수재가 보고 싶어지면 막연히 대학에 가야 하니까 공부하고 있겠지 생각했다. 그게 내가 다른 동네로 이사하고 고교를 달리한 우리의 운명이었다.

그런데 수재가 가출을 했다. 이때가 수재의 첫 번째 실종이었다.

대학에 입학하고 모처럼 즐거운 마음으로 수재네 집에 갔더니 대문에 커다란 자물통이 걸려있었다. 별수 없이 나는 수재 아버지가 경영하는 굴레방다리의 아현시장에 있는 상점에 갔다. 수재 아버지와 작은오빠가 있었다. 그리고 전혀 모르는 수재의 새엄마도. 수재 아버지는 내가 여대생이 된 것을 축하해주었다. 수재 작은오빠인 수영 오빠가 선희 대학생 된 거야? 대단한데? 그러면서 커피를 사주겠다고 다방에 데려갔다. 그 무렵 학생들은 보호자 없이 다방에 드나들 수 없었다.

"이젠 다방에 맘 놓고 드나들겠네."

농담하던 수영 오빠는 잠시 침묵하더니 정색을 하고 수재가 없어졌다고 말했다.

"우리 아버지는 수재가 대학에 갈 줄 알고 있다가 이만저만 실망하신 게 아냐. 그런데 대학은 고사하고 집을 나가버리다니 이게 말이 돼? 지가 어린애야?"

나는 수재의 친한 친구인 죄로 수영 오빠의 추궁 내지 푸념을 고스란히 감당했다. 왜? 어디로 갔을까? 무엇 때문에? 유년시절 바늘과 실처럼 붙어 다니던 나에게 한마디 말조차 없이.

"애가 집을 나가기 전에 자꾸 마르더라. 그 이유를 너는 혹시 알지 않을까 생각했는데…"

"오빠 미안해요."

풀이 죽은 나는 수재가 많이 걱정되면서 한편으로는 야속했다. 소꿉장난을 같이하면서 자라난 나에게 어떤 연락도 할 수 없었을까. 내가 저에 대해서 모르는 것이 무어란 말인가. 할 수 없는 의논이 무엇이란 말인가.

"그런데 그 아주머니는 누구세요?"

내가 불쑥 묻자 수영 오빠는 아차 싶은 얼굴로 너는 모를 수도 있겠다며 더듬거렸다.

"우리 새어머니야. 먼저 엄마는 돌아가셨어."

나는 당황했다. 무던한 분이 수재 엄마로 자리 잡고 있다고 굳게 믿었기 때문이다. 돌아가실 것까지는 미처 생각하지 못했다.

"그 어머니 돌아가신 게 아마도 꽤 충격이었나 봐. 우리는 왜 엄마 복이 이렇게 없냐고 그러더라고."

그러면서 어머니가 밤에 주무시다가 별안간 운명했다고 넌지시 덧붙였다. 그 순간 첫 추위가 닥친 어느 아침 부모님이 함께 외출하면서 내 눈치를 보던 기억이 떠올랐다. 한참 공부 중인 내게 수재의 새엄마 부음을 쉬쉬했을 거란 짐작도 함께.

가엾은 수재. 지나치게 우리 엄마를 따르던 수재. 수재는 어쩌면 우리 엄마가 그리웠을지도 모른다. 분명 우리 엄마를 떠올렸을 것이다. 그나마 무던한 새엄마라도 살아있었다면 좋았으련만. 그분은 수재를 위해 많이 애쓰고 어머니로서 좋은 역할을 한 분이었다. 새엄마도 엄마라고 하면서, 공들여 키운 딸이 좋은 집으로 시집가 잘 살길 바라는 거라고 수재를 타이르곤 했던 분. 아! 그 어머니만 좀 더 살았더라도…

마음 붙일 곳이 없어진 수재는 어디로 가버렸다. 수재의 부재는 길었다. 하지만 바쁜 캠퍼스의 시간은 나를 새로운 생활로 이끌었다. 어쩌다가 수재가 생각날 때, 무언가가 가슴을 찌르는 듯한 아픔을 잠깐씩 느끼곤 했다. 그 애의 유난히 창백했던 유년시절의 얼굴이 떠오르면 아팠다. 우리 엄마를 엄마라고 부르던 기억도 아팠다. 그리고 지후 오빠와 통화하며 웃던 얼굴조차 아픈 거였다.

수재야 어디 있니? 혹시 지금쯤 돌아오긴 한 거니? 나는 마음속으로 묻곤 했다. 정 그럴 때는 수재 아버지의 상점으로 찾아갔지만 먼발치에서 바라보다가 발길을 돌렸다. 학교에 잘 다니는 내 모습이 수재의 가족에게 상처가 될 것 같아서 그렇게 할 수밖에 없었다. 혹시라도 수재가 돌아와 아버지의 상점에 있었으면! 그렇기를 나는 간절히 바랐다. 건강한 모습으로 웃으면서 일하고 있기를 얼마나 기도했는지.

수재가 없는 수재의 집을 찾아다닐 수 없어 나는 자연히 그 집과 멀어졌다. 수재 집의 소식은 간간이 부모님들 친목회 같은 곳을 통해 들을 수 있었는데 주로 오빠들의 결혼 소식 같은 거였다. 그때마다 계집애가 돌아왔을까? 결혼식에 참석할 건가? 무지 궁금했지만 수재의 가출 사건을 알 리 없는 엄마에게 굳이 그 얘기를 하는 건 싫었다. 어느 날 어디서 무슨 말을 들었는지 엄마가 물었다.

"수재가 집을 나갔다며?"

나는 아무렇지 않은 척 응하고 대답했다.

"집에 어른들이 없고 애들만 놔두니까. 문제가 있지."

그게 수재의 가출과 무슨 상관이람. 나는 엄마의 말을 이해하지 못했다. 사실 우리가 자랄 때 만해도 수재네처럼 개방된 집은 없었다. 우리 집은 가족들이 언제나 있어 친구가 어쩌다 방문하면 거북해서 이내 돌아가곤 했다. 나는 언제나 자유롭게 출입할 수 있는 수재네가 부러웠다. 그게 얼마나 철없는 생각이었는지는 나중에야 알게 됐지만.

나에게는 사촌 오빠가 둘 있다. 아현동에서 아래윗집 나란히 살던 우리 고모의 두 아들이다. 큰오빠인 근억 오빠는 수재 큰오빠 수인과 동창이다. 근억 오빠는 수재네서 나를 만나면 몹시 언짢아했다. 그 집에 다니지 마라 하면서. 근억 오빠가 왜 그런 소리를 하는지 나는 이유를 알지 못했다. 하도 그러니까 수재네 놀러 갔다가 근억 오빠가 들어오는 기색이 있을 때는 수재 방에 숨기까지 한 적도 있다. 둘째 수억 오빠는 수재의 둘째 오빠인 수영과 동창인데 지후 오빠도 같은 그룹이다.

내가 수재와 친한 것을 싫어하던 근억 오빠가 제일 먼저 결혼했다. 그 결혼식장에서 수재네 식구와 만났다. 정말 오랜만에 수재도 만났다. 그리고 지후 오빠도 봤다. 반갑기도 하고 야속하기도 한 시간은 잠깐이고, 우리들은 서로의 안부를 물으며 수다에 빠졌다.

수재와 단둘이 커피숍에 가서 나는 따졌다. 도대체 어떻게 된 거냐고. 수재는 다 지나간 일을 뭘 그러냐면서 자세히 말하기를 꺼렸다. 우리가 식어버린 커피잔을 들여다보고 있을 때 지후 오빠가 들이닥쳤다. 지후 오빠가 수재의 옆자리에 앉는 것을 보며 나는 생각했다. 이젠 우린 더 이상 옛날의 우리가 아니야.

그랬다. 수재가 실종 사건을 일으킨 시점을 전후하여 우리들의 분위기는 달라져 버렸다. 나는 어색한 자리를 모면하려고 약속이 있는데 깜박했다고 얼버무리며 그 자리를 벗어났다. 다음에 또 봐. 그렇게 말하면서 웃기는 했으나 다음에 어디서 볼 것인가? 수재와 기약 없는 약속을 하며 내 가슴 속에 찬바람이 일었다. 이제 우리는 어린애들이 아닌 거야. 철없이 같이 뒹굴고 손잡고 뛰놀던 그때는 영영 가버린 거야. 아무 생각 없이 마냥 어울리던 시절이 새삼 그립게 다가왔다가 멀어져갔다. 나도 모르는 사이 흐른 까닭모를 눈물을 훔쳤다. 어쩐지 수재와 그리고 나의 숨겨진 첫사랑 지후 오빠는 다른 세상 사람들인 것 같았다.

아마도 지후 오빠는 수재의 가출의 전모를 알 것 같은 생각이 들었다. 배신감 같은 것이 치밀었다. 얼마나 걱정했는데… 야속하기도 하고 이제야 거기에 생각이 미친 나의 둔함에 쓴 웃음이 나기도 했다. 무엇보다도 수재와 나의 거리감이 느껴지며 한기마저 드는 것이다.

큰오빠들에 이어 작은오빠들의 결혼식도 차례로 다가왔다. 그때마다 우린 상봉했지만 마주 보고 웃고 마는 정도로 서로 무심하게 지나갔다. 대학 진학을 못 한 수재는 대학이며 직장 등 순탄한 과정을 밟는 나에게 이질감을 느꼈던 것 같다. 그리고 또 여자아이들 특유의 시새움이 한몫하지 않았을까. 친동기처럼 같이 먹고 뒹굴던 우애는 어디로 가버린 것 같았다.

수재의 작은오빠 수영의 결혼이 있고 얼마 후 지후 오빠의 청첩장이 왔다. 당연히 신부의 이름이 김수재일 것을 믿으며 청첩장을 개봉한 나는 충격에 빠졌다. 신부 정명자라고 인쇄되어 있는 게 아닌가. 어떻게 된 거지? 명자 언니가 지후 오빠를 좋아한단 건 진작부터 알고 있던 일이다. 그러나 지후 오빠와 수재 사이를 비집을 힘이 그녀에겐 없었다. 난 당연히 그렇다고 생각했다. 그런데…

타동네에서 이사 온 명자 언니는 수재만큼 예쁘지 못했고 지후 오빠보다 나이도 두 살 위였다. 그런데도 지후 오빠에게 적극적으로 다가갔다. 수재가 속상해하고 울기도 했지만 막상 지후 오빠는 흔들리지 않았다. 아니 흔들리지 않는다고 우리 모두가 믿었다.

그런데 신부가 정명자라니 이게 어떻게 된 일인가? 참석 문제를 놓고 고민이 됐는데 다행인지 불행인지 나는 다른 볼일이 생겨 지후 오빠 결혼식에 불참했다.

수재와 지후 오빠의 오랜 사랑을 지켜본 나로서는 배신을 때린 지후 오빠가 용서되지 않았다. 설상가상 명자 언니가 이미 지후 오빠의 아이를 가지고 있다는 이야기를 들었다.

"그러니까 지후 오빠랑 명자 언니가 속도 위반한 거야?"

엄마랑 고모의 대화 속에서 끄집어낸 진실은 어처구니가 없었다. 어떻게 된 거야 도대체. 그러면 수재와는 진즉에 정리가 된 건가? 나는 혼란스러웠다.

이 일이 있기 전 수재가 또 행방을 감추었고, 지후 오빠가 오랫동안 수재를 찾았지만 결국 찾지 못했다는 말을 들었다.

"수재는 왜 자꾸 집을 나가는 거야. 걔 이상해졌어. 어렸을 땐 안 그랬는데."

내가 조잘대자 엄마는 모정이 부족한 수재가 정서 불안으로 그렇다고 안타까워했다. 수재의 사정이 어떻든 나는 서운했다. 왜 나는 이런 이야기를 직접 들을 수가 없었을까. 이제 수재와 나는 친구가 아닌 건가. 여간 서운하지 않았다.

수재와의 거리를 새삼 실감하며 입맛이 씁쓰레했다. 수재의 사정에 대해 전혀 아는 바가 없으니 무엇이 잘못됐는지 알 수가 없다. 슬그머니 수재가 원망스럽기도 했다. 그렇게 지후 오빠와 언제까지나 같이 갈 것 같더니 겨우 이렇게 끝낼 거면서. 나를 얼마나 참게 했던가. 내색도 못 하고 속으로 끙끙 앓았던 나의 마음은 많이 속상했다. 수재이기에 양보하고 끝까지 숨겼는데…

지후 오빠가 이중으로 여자관계를 가졌다면? 수재가 일방적으로 배신당한 거라면? 하는 의혹들이 나의 마음을 들쑤셨다. 그러나 알 수가 없다. 사연이야 어쨌든 내 입에서 수재에 관한 말이 적어지고, 기억에서도 수재는 점차 멀어져갔다. 어쩌다가 수재가 생각나면 나는 야속한 마음에 수재를 매몰차게 탁탁 털어냈다.

수재를 다시 만난 건 내가 결혼을 하고 애 엄마가 되고도 한참 후다. 장을 보러 나갔는데 난전에 옷을 늘어놓고 파는 여자가 수재였다. 난 첫눈에 수재를 알아봤고 수재도 마찬가지였다. 우리는 멀거니 서로를 바라보았다. 그리고 누가 먼저랄 것도 없이 손을 부둥켜 잡고 흔들었다.

새침한 얼굴로 자기 아버지의 가게를 보던 수재가 오가는 사람들이 많은 거리에서 장사를 하다니. 크게 부하지는 않아도 그래도 웬만큼 살던 집 딸인 수재로서는 의외의 모습이 아닌가. 수재는 화장기 없는 얼굴에 머리칼도 부스스한 초라한 행색이다. 나는 도저히 그냥 헤어질 순 없어서 수재를 우리 집으로 데려왔다.

밥을 해먹이고 남편을 아들 방으로 보내고 나란히 잠자리에 누웠다. 이게 얼마 만인가? 같이 누워보는 게. 나는 감개무량했다. 어린 날 우리는 언제나 함께였다. 그 우정이 사라진 것처럼 여겨질 때도 있었다. 그러나 수년 만에 만났어도 우린 어제 헤어졌다 오늘 만난 것처럼 거리낌 없이 함께 잔다. 이것이 한동네에서 태어나서 같이 자란 친구의 힘일 것이다.

나는 일부러 지후 오빠에 관한 말은 입에 올리지 않았다. 근억 오빠의 딸인 내 조카가 돌아오는 토요일에 결혼을 한다. 거기에 지후 오빠도 올 것이다. 어느새 우리는 조카를 결혼시키는 연배에 들었다. 철없을 때 멀어져 소식 모르고 지내다가 이제야 다시 만난 것이다.

지후 오빠와 수재 두 사람은 그동안 서로 연락하고 지냈을까? 도대체 수재는 그때 왜 툭하면 어디로 사라진 걸까. 아무리 궁금해도 물어볼 수는 없다. 수재도 내 마음을 아는지 굳이 말을 꺼내지 않았다.

“근억 오빠 딸 시집가지?”

수재가 나의 고종사촌 오빠 이름을 자연스레 입에 올린다.

“어머! 너도 알고 있었어?”

“그럼 알고말고. 수억이 오빠도 잘 계시지?”

수재는 나의 큰오빠 작은오빠의 안부를 담담하게 묻는다. 수억 오빠는 지후 오빠와 친구가 아닌가. 공연히 가슴이 두근거린다.

“너 왜 안 물어봐?”

수재가 결국 한숨과 함께 터뜨린다. 나는 누운 자리에서 일어난다.

“어떻게 된 거야? 도대체.”

수재는 잠시 입을 다물더니 아프게 느껴지는 한숨을 길게 내쉬었다.

“사실은 지성 오빠가…”

지성 오빠? 지성은 지후 오빠의 형이다. 오랫동안 잊혀졌던 이웃 오빠의 이름이 수재의 입에서 나오는 순간 나는 어떤 예감 때문에 눈이 커졌다. 가엾은 수재. 지후 오빠와 한창 감정이 무르익은 때, 그러니까 입시 준비로 한창 힘들던 시기에 느닷없이 찾아온 지성은 아무도 없는 수재의 집에서 수재를 겁탈했단다. 무자비하게. 어떻게 그럴 수가… 엄마가 걱정한 것이 이런 거였을까? 그래도… 동생과 수재가 서로 사랑하는 사이라는 걸 모두 다 알고 있었지 않은가. 어떻게 그럴 수가? 기어코 수재가 눈물을 보였다. 그래서 집을 나간 거였어? 내가 수재를 쓰다듬자 수재는 헉! 하고 흐느낀다. 생각해보면 언제의 일인가. 그럼에도 불구하고 마치 얼마 전 상처인 듯 수재는 한참을 애처롭게 흐느꼈다.

그때 왜 수재 곁에 아무도 없었을까? 나는? 수재의 부모님은? 수재의 두 오빠는? 무엇보다 지후 오빠는 어디에 있었을까? 수재의 아버지는 하필 그때 새로운 부인을 맞아 제주도 여행 중이었단다. 지후 오빤 군대에 있었고, 큰오빠는 부산에, 작은오빠는 머나먼 미국에 있었다고 한다. 수재의 집에 수재 혼자 있는 것을 알고 지성이 그런 짓을 한 것이다. 그래도 수재는 지후 오빠와 헤어질 수가 없어서 헤어짐과 만남을 반복했다고 한다. 그랬어도 끝내 결혼만은 정말로 할 수가 없었다고 했다. 지성의 얼굴을 보면서 살아갈 일이 너무 끔찍해서.

비로소 수재가 왜 그랬는지를 알게 된 나는 지성 오빠에게 증오심을 떨칠 수가 없었다. 온갖 욕을 다 퍼부어도 시원치가 않았다. 정명자가 아닌 김수재가 지후 오빠와 결혼해야 하건만 그

것을 깨뜨려버린 것이다. 수재의 인생을 깨뜨려놓고도 뻔뻔스럽게도 잘살고 있다.

"근억이 오빠 딸 결혼식에 갈 거야?"

수재가 묻는다. 나는 수재의 얼굴을 돌아본다.

"같이 가자."

수재의 얼굴이 굳어졌다. 지후 오빠를 생각하는 거겠지. 지후 오빤 이미 남의 남자가 됐으니까 새로운 사람을 만나서 이제라도 가정을 이뤄야지. 나는 먼저 어른이 된 입장으로 수재를 타이른다. 세상은 넓고 남자는 얼마든지 있어. 내가 골라줄게. 그러면서 한편으로 지후 오빠와 수재의 상봉 장면이 슬며시 궁금해진다.

지후 오빠와 수재! 잠시라도 못 떨어지길 몇 해였던가. 지후 오빠는 수재 못지않은 미모와 좋은 조건을 구비한 내게는 아예 관심도 주지 않았다. 만일 조금만 나에게 관심을 가졌더라면 내 애달픈 첫사랑을 눈치챘을 것이다. 내 딴에 숨기려 애쓰기도 했지만 나를 외면한 지후 오빠. 오직 수재만을 바라보고 사랑해 마지않던 지후 오빠가 과연 어떤 표정을 할까. 지후 오빠와 수재가 헤어진 게 언제쯤이지? 만일 상봉이 이루어지면 얼마만의 만남인 거야?

수재는 이런 내 맘을 아는지 모르는지 눈을 감고 잠든 척 한다. 아니 잠들었는지도 모른다. 고른 숨소리가 들려온다. 나에게 고해라도 한 기분인지 오히려 편안해 보였다. 나는 잠든 수재의 얼굴을 물끄러미 바라보았다.

인생의 중요한 한 부분을 자기 의지와 상관없이 파란만장하게 보낸 수재. 자신을 가꾸며 살 것이지. 옛날 빛나던 미모는 어디로 간 걸까. 윤기 잃은 피부는 거칠고 주름까지 패여 있다. 게다가 흰 머리카락이 뒤섞인 머리는 지저분해 보인다. 저 애를 어떻게 하면 좋아!

나는 집에 돌아가겠다는 수재를 강제로 붙잡았다. 머리를 염색해 주고 얼굴 마사지를 해주며 수재를 가꾸느라 노력했다. 어떻게든 큰오빠 딸 잔치에 수재를 참여시키고 싶었다. 왜 그랬을까? 무엇을 보려고?

야탑의 작은 아파트에서 혼자 살던 수재는 외로움 때문이었을까. 아니면 정말 오랜만에 나를 만난 탓이었을까. 진득하게 나와 함께 지냈다. 내 부단한 노력 덕분에 수재는 결혼식에 참석했다.

지후 오빠도 명자 언니를 동반하고 결혼식에 왔다. 그녀는 머리에서 발끝까지 번쩍번쩍했다. 값비싸 보이는 옷으로 전신을 감았으며 귀걸이 목걸이에 팔찌까지 온통 보석으로 눈이 부셨다.

반면 수재는 너무 초라했다. 체격 차이 때문에 내 옷이 수재에게 맞는 게 없었다. 옷을 사자고 했더니 수재는 펄쩍 뛰었다.

"필요 없어 난 옷 장사야. 쓸데없이 아무 데서나 내 옷을 구입할 순 없어."

그러더니 결국 내 속을 긁어 놓은 것이다. 그러나 나는 보고 말았다. 두 사람의 안타까운 속마음을. 지후 오빠의 시선이 수재를 발견한 순간 그대로 못 박혔다. 수재도 역시 그랬다. 그들은 옆에서 누가 무어라고 하던 눈물을 글썽이며 마주 보았다. 그 순간을 어떻게 표현하랴. 그 숨 막히는 시선의 교환을….

"치! 지들이 무슨 로미오와 줄리엣이라고."

기껏 내 머리에 떠오른 건 치사하게도 빈정대는 말이 고작이다. 명자 언니가 "여보오~ 이리 좀 오세요~" 부르자 당황하며 시선을 옮긴 지후 오빠는 부인 옆으로 얼른 걸음을 옮겼다.

그 순간 수재 뿐 아니라 내 마음도 무너져 내렸다. 저들의 현실은 저거구나 싶어 안타까웠다. 나도 가정을 가지고 있기에 내 가정은 절대 누구에 의해서도 흔들릴 수 없는 성역이라고 굳게 믿고 있었다.

지후 오빠 역시 그럴 것이다. 두 사람은 일찍이 결혼해서 아이가 둘인가 셋인가. 그런데… 그런데.

나는 무어라 형언할 수 없는 복잡한 감정에 휩싸였다. 지성 오빠가 그런 짓만 안 했으면 얼마나 좋았을까. 그랬으면 수재는 당연히 지후 오빠의 부인이 됐을 텐데. 저렇게 옷 장사를 하며 혼자 살지 않아도 됐을 텐데. 지성 오빠는 왜 그런 짓을 했단 말인가? 오빠는 그까짓 나쁜 자식이 무슨 오빠씩이나! 나는 혼자 분개하면서 씩씩거렸다.

결혼식이 끝나고 수재는 자기 집으로 돌아갔다. 혼자 보내는 것이 싫었지만 수재는 짐짓 아무렇지도 않은 표정으로 가버렸다. 가엾은 수재!

지후 오빠와의 첫사랑이 실패했더라도 인생 전부를 실패한 것처럼 살면 안 되지 않을까. 혼자만의 애끓는 추억으로 끝났지만 따지면 나도 첫사랑에 철저히 패배한 사람이 아닌가. 나는 지후 오빠만을 좋아한 건 아니다. 고3 때 수학 선생님은 나의 우상이었다. 수학에 흥미를 잃고 일찌감치 수학을 포기했던 나. 그런데 문제를 알기 쉽게 풀이해 준 정도가 아니라 재미있게 가르쳐 주던 수학 선생님은 먼 데서 보여도 눈이 부셨다. 대학에 가고 사회를 경험하며 언제 내 마음에서 떠나갔는지 기억조차 못 하지만.

엄마에게 수재 이야기를 들려주면 얼마나 안타까워할까. 그날 근억이 오빠 딸 잔치에서 우리 가족은 수재와 함께 식사를 했다. 엄마는 연신 수재에게 신랑이 잘해주느냐 아이는 몇이냐 물었고, 수재는 웃음으로 일관하며 우리 엄마를 제 엄마인 듯 챙겼다. 멀리서 수재 오빠들 올케들이 어이없어하며 쳐다봤지만 수재는 아랑곳하지 않았다.

그 모든 기억이 다 아프다. 마치 어제 헤어졌다 오늘 다시 만난 것처럼 우린 다시 오갔다. 연로한 수재 아버지가 수재의 아파트로 살러 오셨을 때 나는 좋게 말하지 않았다. 오빠가 둘씩이나 있는데 왜 막내인 네가 아버지를 모시느냐고 언짢아하자 수재는 그저 웃기만 했다. 수재의 새어머니는 그쪽의 자녀들이 모셔 갔다.

혼자 사는 게 몸에 밴 수재로서는 아버지가 성가셨을 것이다. 스물 남짓부터 집을 떠나 혼자 살기 시작했으니까. 삼시 세 때를 챙겨야 하고 관절이 안 좋은 아버지를 모시고 병원에 다녀야 한다. 그래도 수재는 혼자 사는 것보다 덜 외롭다며 오히려 나를 타일렀다. 늙으신 아버지를 모실 수도 있긴 하다. 그러나 수재가 남처럼 가정을 꾸리려면 불리한 조건이 아닐까 싶었다.

나는 어느 날인가 수재를 방문하러 갔다가 지후 오빠가 수재와 나란히 아파트를 나서는 모습을 보았다. 나는 그들을 못 본 척 돌아서 버렸다. 수재와 지후 오빠가 마주 보며 시선을 차마 거두지 못하던 장면이 새삼 떠올랐다. 어떤 뜨거운 것이 치밀며 나는 중얼거렸다. 지성 오빠에의 저주를 참을 수가 없었다. 나쁜 놈.

사실 근억 오빠 딸 결혼식을 치른 얼마 후 지후 오빠가 나에게 전화를 해와서 수재 연락처를 물었다. 나는 조금 망설이다가 이실직고했다. 안 가르쳐 주는 것이 오히려 잘못인 것 같아서. 아무도 안 가르쳐 준다면서 사정하는 지후 오빠를 딱 자르기엔 내가 더 애가 탔다. 수재가 너무 가여워서.

수재와 지후 오빠의 관계를 불륜이라고 규정할 수는 없다. 이미 그들은 아주 오래전부터 떼려야 뗄 수 없는 사이였다. 세상이 갈라놓았어도 그들의 마음은 서로의 것이었다. 새삼 강조할 필요 없이 아주 어려서부터!

그러나 과연 어떻게 될 것인가. 명자 언니가 가만있을까. 지후 오빠! 결국 수재는 오빠가 책임져야 할 것이다. 모든 것이 오빠 때문이고 지금에 와서 수재에게 어떤 다른 길이 있겠는가. 나는 그날 일손도 잡히지 않고 종일 수재 생각에 잠겼다. 수재가 더 이상 불행하지만 않았으면 좋겠다고 간절히 바랐다.

차를 마시러 오라는 수재의 전화에 야탑으로 바람처럼 달려간 적이 있다. 그날 어쩌다가 아이에 관한 대화를 주고받았다. 수재가 우울해하는 것 같아 나는 다른 이야기를 하려고 했다. 그러자 수재는 괜찮다면서 나도 아이가 있었어, 라고 말했다. 애라구? 누구의? 지후 오빠 아이? 당황한 나머지 내가 더듬기까지 하자 수재는 미친년! 하고는 그럼 또 누가 있다구… 하는 것이다. 수재의 그 억양이 내 가슴에 파고들었다. 아무튼 다음 말을 묻지 않을 수 없었다.

"그럼 애는?"

잠시 가만있던 수재가 쓸쓸히 대꾸했다.

"갔어."

"엉? 언제 왜?"

나는 두서없이 질문하는 내 목소리를 들었다. 이게 꿈이 아닐까.

"지후 오빠가 명자 언니랑 결혼할 그 무렵 난 임신 3개월이었는데…"

수재는 슬프고 가슴 아팠던 기억을 털어놓았다. 지성 오빠에게 강제로 몸을 빼앗기고 한동안 지후 오빠를 멀리했다고. 왜 안 그랬을까. 아무리 지후 오빠를 향한 첫사랑이 깊고 간절했어도, 그의 친형의 파렴치한 추행으로 정나미가 떨어졌겠지. 그러나 지후 오빠의 지극하고 한결같은 사랑은 물리칠 수 없는 것이었다. 결국 지후 오빠와의 만남은 이어졌다. 지후 오빠 입에서 결혼이야기가 나오기 시작하자 수재는 지후 오빠를 다시 멀리했다. 아이가 들어선 건 결혼을 기피하는 수재를 달래려는 지후 오빠의 노력 때문이다. 수재 또한 결혼을 미루는 수단으로 선택한 것이 둘의 여행이었다. 둘은 모든 사생활을 접고 경주 합천 등 사적지를 몇 개월 동안 함께 돌아다녔다. 그 과정에서 수재는 임신을 했다. 지후 오빠에게 사실을 알릴까 고민하던 수재는 다시 숨어버렸다. 만나기만 하면 결혼을 말하는 지후 오빠를 감당할 수가 없었다. 그 기간이 그의 잠적 중 제일 길었다. 지후 오빠는 그 당시 수재를 부르면서 거의 술로 살았던 모양이었다.

같이 술을 마셔주던 명자 언니를 임신시킨 지후 오빠는 수재의 임신 사실을 알지도 못하고 코가 꿰어 결혼식을 올렸다. 그들의 결혼식 소식을 들은 수재는 큰 충격에 휩싸였다. 배신감과 패배감, 상실감 혼자 남겨졌다는 공허감, 자신과 아이의 장래에 대한 불안감 때문에 몇 날 며칠 굶으면서 울었다고 한다. 작은 체구에 연약한 수재는 챙겨 주는 이 없이 쓰러졌다가 혼자 정신을 차렸다. 그런데 뱃속 아이가 태동이 없었다. 황급히 병원에 가서 진료를 받았으나 아이는 유산되었다.

"내 절망감이 아이에게 전달되었던 모양이야."

수재는 그러면서 눈물을 흘렸다. 아이 기르면서 살 생각뿐이었는데…

그 이후로는 지후 오빠와 연락을 끊고 지냈으니 서로의 소식을 알 길이 없다. 잠깐 서로 얼굴을 보는 정도로 우연히 비껴간 적은 있었다고 했다. 어느 모임에 참석했다가 마주치기도 했다.

"날 보더니 수재야 부르더라. 난 깜짝 놀랐지 뭐. 그래도 금방 평정을 회복하고 미소를 지어주었어. 오빠 오랜만이네 그러면서. 오히려 지후 오빠가 당황하더라."

그리고 황황히 음식점을 벗어나는데 지후 오빠가 어느결에 잠깐 얘기하자면서 뒤좇아왔다고 했다. 그 이야기를 하면서 수재는 피식 웃었다. 나 오빠 용서할 수 없어 그랬더니 고개를 떨구었다고. 수재가 냉정하게 걸음을 옮기자 오빠가 그랬단다. 수재야 난 하루도 너 생각 안 하는 날이 없어.

"그래서 넌 뭐라고 했어?"

"암 말도 못 했지 뭐. 결혼을 결사적으로 거절한 건 나였고."

고개를 숙이며 중얼거리는 수재에게 나는 눈을 흘기며 이를 악물었다. 아주 찰나적인 순간의 돌발적 행동이었는데 나 자신도 크게 당황했다. 왜 그랬을까? 나는 이미 결혼해 두 아이 엄마고 게다가 지후 오빠를 좋아했던 건 사춘기 때 잠깐이 아닌가. 아직도 지후 오빠로 인한 질투심이 나에게 남아 있을까. 한 남자의 영혼을 철저히 점령한 수재가 부러웠을까.

"수재야. 난 하루도 네 생각 안 하는 날이 없어."

마치 곁에서 지후 오빠가 말하는 것 같은 생생함이 전달되며 걷잡을 수 없는 분노를 느낀 나는 그 순간을 어떻게 설명할까.

아무리 사랑을 받는다 하더라도 수재의 그 사람은 이미 남의 남자 남의 남편인데, 그런 수재의 처지가 부러웠을까. 아무튼 잘될 수 있었던 수재의 인생은 빗나갔다. 이제는 아무런 희망도 보이지 않는다. 게다가 새로운 출발을 할 어떤 싹도 없다! 거기에 대한 분노였을까. 나는 굳이 핑계를 찾으려고 애쓰며 인자한 눈을 하려고 노력했다. 그러면서 나 자신을 나무랐다. 선희야. 넌 밴댕이 소가지를 가졌어. 어쩌면 친구라는 것이 그것밖에 안 되니. 너 뭐야? 몇 날 며칠 내 감정에 대한 정체성으로 괴로웠던 나는 마침내 스스로에게 손을 들었다.

그래 인정하자. 어쩌면 나는 수재에게 나도 모르는 잠재적 질투심을 뿌리 깊게 간직하고 있는지도 모른다는 결론을 내렸다. 맞아! 내 밴댕이 소가지가 수재의 아픔을 외면해 버린 거야. 친구라면서 고통이 담긴 친구의 목소리도 못 알아듣고…

나의 냉정한 반응에 '바쁘니?' 한마디 하고 더 이상의 대화를 시도하지 않은 수재였다. 명자 언니에게 두들겨 맞은 괴로움과 억울함을 안고 어디론가 사라졌다. 명자 언니나 나나 수재에게 마음 깊이 질투라는 독을 품은 것은 결국 같았다.

수재의 행방을 알기 전에는 끝나지 않을 갈등이 나를 넘어뜨리고, 지성 오빠 지후 오빠를 미친 듯 원망하다가 급기야 명자 언니에게로 향했다.

"정명자! 당신은 양심도 없는 여자야!"

수재의 남자를 가로챈 것은 명자 언니가 아닌가. 자신의 파렴치한 짓을 모르지는 않았을 터이다. 그 무렵 지후 오빠와 수재의 사이를 아현동 사람이라면 다 아는 공공연한 사실이었다. 그럼에도 불구하고 지후 오빠에게 열심히 추파를 던졌던 그녀였다. 우리 중 누구도 명자 언니가 지후 오빠랑 결혼하리라고 생각한 사람은 없었다. 재주도 좋지 어떻게 지후 오빠를 가로채 갔을까. 그렇게 따지면 수재가 오히려 명자 언니 머리채를 거머잡고 두들겨 패야 할 것이다. 그런데 어떻게 수재를 때릴 생각을 할 수가 있을까 이해가 되지 않는다. 만일 수재가 이대로 영영 돌아오지 않는다면 명자 언니 탓이었다.

내가 끌탕을 하건 말건 수재는 돌아오지 않는다. 어쩌면 영영 돌아오지 않을지도 모른다. 매가리 없이 걱정만 하는 지후 오빠도 꼴 보기 싫고 그리고 막상 수재가 간 곳을 짐작조차 못하는 나 자신도 미웠다. 내가 지후 오빠를 많이 원망하는 것을 눈치챘는지 지후 오빠는 며칠째 연락을 끊고 있다.

가여운 수재야! 정말 미안한데 그래도 전화 좀 주면 안 되겠니? 한 번만 꼭 한 번만! 이번엔 절대로 네 목소리를 놓치지 않을게 수재야! 수재야… 얼마나 애원하고 울고 기도하기를 했을까. 남편이 불렀다.

"여보 뉴스에 아현동 나오네."

나는 별로 관심을 느끼지 못한 채 눈길을 주었다. 내가 아니 우리들이 다니던 교회가 나오고 있었다. 역사적 가치가 있는 본당은 보존하고 교육관을 헐고 신축을 한다는 내용인데 철거하는 교육관 지하에서 웬 남녀의 시신이 나왔다고 했다. 뉴스를 보던 내 가슴이 갑자기 쿵! 소리를 냈다.

어린 날의 행복했던 기억이 많았던 우리 교회. 우리들은 찬양제나 가장행렬 또는 성극 등 무엇이든 열심히 했다. 지도교사의 열정이 어린 우리들을 열심히 모이게 했다. 아직까지도 분명히 기억하는 성극 제목이 둘이나 있다. '백마 탄 왕자님'과 '말하는 당나귀'다.

백마 탄 솔로몬 왕자 역은 당연히 잘생기고 인기 많은 지후 오빠가 맡았다. 그리고 상대역인 슬람미 아가씨 역은 나와 수재가 경쟁자가 되어 2차 투표까지 갔는데 결국 수재에게 돌아갔다. 나는 사뭇 태연을 가장하고 수재에게 축하한다며 웃어주었으나 내 가슴 속은 이루 말할 수 없이 쓰라렸다. 그때 몇 날 며칠을 울면서 잤는지 모른다.

슬람미는 대지주의 정당한 상속녀였으나 의붓오빠가 포도원 농장을 가로챘다. 그리고 가엾게도 하녀처럼 온갖 궂은일을 한다. 어린 여동생과 슬픈 날을 보내던 슬람미는 어느 날 백마 탄 왕자님을 만난다. 왕자님은 슬람미를 자신의 궁전으로 맞이하며 사랑하는 왕비라는 칭호를 내린다. 마지막 장면에 수재와 지후 오빠가 손을 잡고 입장한다. 우리들은 손뼉을 친다. 마치 수재와 지후 오빠가 연인이 될 것을 예언하는 내용 같았다.

무엇보다 가장 연습량이 많았기 때문에 잊혀지지 않는 말하는 당나귀는 아주 추운 겨울에 벌벌 떨면서 연습을 했다. 처음엔 추웠지만 연습하다 보면 나중엔 외투를 훌렁 벗어 던졌다. 열심히 하기도 했지만 뒤늦게 피운 난로가 달아올라서였다.

"세상에 말하는 당나귀가 어딨어?"

우리들은 수군거렸다. 그래도 우리들은 말 잘 듣는 학생들이었다. 예수님처럼 질질 끌리는 긴 옷을 입은 친구들이 노래를 했다. 아이들아 노래하여라 아이들아 노래하여라~ 그러면 맞은편 아이들이 화답한다. 호오산나 호오산나~

브올의 왕 발람이 나귀를 타고 이스라엘을 저주하려고 등장한다. 그러면 모압의 왕 발락이 패물이 든 상자를 건네며 빨리 저주를 하라고 재촉한다. 하지만 당나귀는 앞으로 나가지 않고 발람은 뒤로 자빠진다. 지도하는 이미선 선생님이 말씀하신다.

"발람이 뇌물을 좋아하다가 발랑 자빠진 거예요. 여러분도 예수님보다 돈을 더 밝히면 안 돼요, 알았어요?"

우리들은 정확하게 뜻을 알 순 없지만 킥킥 웃으며 네에~ 목청 좋게 대답한다. 발람이 걸음을 내딛지 않는 당나귀를 채찍질하자, 발람에게 당나귀가 말했다. 칼을 든 천사가 길을 막고 있다고. 하나님의 진노를 깨달은 발람은 당나귀 덕에 죽음을 모면하게 되자 이스라엘을 저주하지 못하고 되려 축복한다. 발락이 노발대발한다.

"발락이 약이 올라 더욱 발악하지요? 아무 잘못 없는 이웃을 괜히 미워하면 이렇게 마귀같이 되는 거예요."

우리들에게 간식까지 제공하며 찬양과 연극을 지도하던 이미선 선생님은 매우 헌신적인 교사로서 지금도 가끔 생각날 때가 있다. 어린 우리들에게 선생님이 가르치고자 했던 뜻은 무엇이었을까. 인생에서 물질보다 사랑이 더욱 중요함을 인식시키려 했을까. 그때 우리들의 연극은 오랜 연습 덕분에 발표 때마다 대성공을 거두었다.

까맣게 잊고 살던 기억이 선명하게 떠오르는 것은 어떤 까닭일까. 아득하게 잊었던 유초등부시절 희희낙락하던 나와 수재 그리고 지후 오빠의 웃던 얼굴들이 그립게 떠오른다.

웬 남녀의 시신이 하필 우리 교회 교육관에서 나온담. 나는 경황없는 중에도 그 사실이 못마땅하고 꺼림칙하다. 그런데, 아 그런데… 남녀의 신원이 밝혀졌다. 여자는 수재였고 남자는 지후 오빠였다! 두 사람은 나란히 누워있었다고 했다. 여자가 먼저 사망한 듯하며 두 사람의 위가 모두 비어있었다고 한다. 죽을 때까지 물 한 모금 먹지 못한 듯하다고…

수재는 지후 오빠보다 열흘도 더 전에 실종되지 않았던가. 그런데 어떻게 같은 장소에 있을 수 있었을까. 지후 오빠는 어떻게 수재의 곁에서 숨을 거두었단 말인가.

두 사람의 장례식은 각자 치러졌다. 가여운 수재는 오빠들에 의해 화장되었다. 아무리 가슴 아파하고 슬퍼해도 수재는 영영 가버렸다. 여섯 살에 엄마를 잃고 암울한 생애를 살아냈던 수재는 그립던 어머님 품에 안겼으리라.

명자 언니의 슬픔은 대단했으나 우리들은 그녀를 동정하지 않았다. 나름 억울했겠지만 수재만큼 억울하랴 싶었다. 전후 사정을 아는 사람들은 남의 남자를 빼앗아 그만큼 호강하고 살았으면 됐다며 수군대기도 했다.

기득권을 주장하는 수단이 기껏 쫓아가 악다구니 치면서 두들겨 패는 것인가 싶어, 나 역시 수재 편을 들고 있었다. 좀 다른 방법은 없었단 말인가. 수재와 지후 오빠가 과연 정당하지 못한 관계를 맺고 있었을까. 설사 그렇다 하더라도 그렇게밖에는 할 수 없었을까 하는 아쉬움에 나는 깊은 슬픔에 잠긴 명자 언니를 위로할 수 없었다.

아마도 지후 오빠는 나를 통해 알게 된 수재의 집을 매일 찾아갔을 것이다. 수재는 지후 오빠의 결혼 이후 단호하게 소식을 끊어버렸다. 그것이 수재의 성품이다. 오랜 헤어짐 끝에 재회했어도 수재의 집에 지후 오빠가 편하게 드나들 수 없었을 것이다. 수재가 지후 오빠에게 이혼하라고 말했을 리도 없다. 수재는 그런 여자가 아니다. 그러나 지후 오빠는 명자 언니한테 이혼을 말했다. 노발대발한 명자 언니는 서슬이 퍼래 수재의 아파트를 찾아갔다. 명자 언니는 어떻게 수재의 아파트를 알아냈을까? 알려고 들면 얼마든지 알 수 있겠지. 명자 언니라고 정보망이 없을까. 수재에 관해서라면 본능적으로 촉각을 곤두세웠을 테니까. 지후 오빠와 살면서 불안한 마음이 어떻게 없었겠는가.

얼마나 난리를 쳤으면 수재의 아파트로 경찰까지 출동했다고 한다. 돌아가실 때까지 늙으신 아버지를 지극하게 모시고 살았던 수재였다. 그날 명자 언니가 남의 남편을 유혹한 불륜녀, 패륜녀라고 고래고래 악을 쓰다 기절하는 바람에 아파트 주민 모두가 놀랐다고 한다. 얼마나 수재를 쥐어 뜯어놓았는지 몸에 성한 곳이 하나도 없다고 했다. 기가 막혔다.

누가 가해자고 피해자인가. 명자 언니가 먼저 죄 없는 수재에게 해서는 안 될 짓을 하지 않았던가. 승리감에 도취했겠지만 그 와중에 일말의 가책은 있었을 것이다. 수재는 결혼 이후 지호 오빠와 깨끗이 연을 끊는 단호함을 보였다. 명자 언니는 그런 수재를 단념 못 한 지후 오빠를 물고 늘어졌다. 자기 무덤을 스스로 판 것이다. 그렇게 애절한 관계의 상대방이 있는 줄 알면서 하필 그런 남자와 결혼했을까. 기왕에 알고 저지른 일이면 마음이나 넓게 가질 것이지, 결국 수재를 죽음으로 몰고 가서 자기 남편이 그 뒤를 따르게 만들었다.

그들의 사인을 두고 다니는 교회에서 말이 많았단다. 자살이냐 아니냐. 만일 자살이라면 어떻게 교회에서 장례를 치를 수 있느냐. 고명딸로 태어나 아버지에게 지극히 소중했던 수재. 엄마 없이 자라는 딸이 얼마나 애처로웠을 것인가. 내가 알기로는 수재 아버지는 수재에게 한 번도 손찌검한 적이 없었다. 세상에 태어나 처음 명자 언니에게 무참히 두들겨 맞은 수재는 치미는 억울함과 원망을 가눌 길이 없었을 것이다.

수재는 왜 교회를 찾았을까? 어린 시절의 행복했던 기억을 좇아 찾아갔을 것인가? 아니면 우리들이 여러 사연과 함께 울고 웃던 그곳이 그리워서였을까? 사랑하는 지후 오빠와의 추억이 깃든 장소이기 때문이었을까?

수재의 잠적 이후 제대로 못 먹고 못 잤을 지후 오빠는 수재의 흔적을 찾아 헤매다 수재가 부르는 마음의 소리를 들었을까? 지후 오빠가 수재를 발견했을 때 수재는 어쩌면 가능성이 없었으리라. 탈진한 데다 절망이 겹친 지후 오빠는 수재의 옆에서 맥을 놓았을 것 같다.

두 사람 다 어려서부터 기독교 교육을 받았고, 자살이 죄악이라는 것을 잘 알고 있었다. 의도적으로 자신들의 몸을 죽일 뜻은 전혀 없었지만 상황은 그들을 죽음으로 몰고 갔을 것이다.

명자 언니가 울부짖으며 아무리 지후 오빠를 불러도 소용없었다. 이제 그들은 누구도 방해할 수 없고, 간섭할 수도 없는 곳으로 갔다. 영원히.

장례를 따로 치러도 그들은 같이 있으리라. 누가 떼어 놓을 것인가. 무엇이 수재와 지후 오빠를 훼방하랴.

화장되는 수재 앞에서 나는 목 놓아 울면서 빌었다.

수재야 용서해. 미안해. 나 그래도 너 많이 사랑했어. 내 친구 수재야!

비가 온다

비가 온다. 빗소리가 크게 들리다 적게 들리다 하면서 나름대로 장단을 맞춘다. 그러다가 느닷없이 번쩍번쩍 섬광이 하늘을 가르나 싶더니 사납게 으르렁댄다. 소파에 누워 TV를 보던 수희는 일어나 창문을 닫고 다시 눕는다. 상단에 아름다운 개성! 멋진 헤어! 라는 글씨가 들어있는, 녹색으로 선팅된 전면 유리문은 굳게 닫혀있다. 아랫부분은 맑은 유리 그대로여서 오가는 사람들의 하반신이 보인다. 소파에선 언제나 마주 보이는 그곳으로 시선을 주게 된다. 간판도 조명도 꺼놓았다. 맥 놓고 오고 가는 다리들을 바라볼 뿐이다. 불과 일주일 전 그날도 수희는 이렇게 소파에서 마냥 손님을 기다렸다. 그땐 이렇게 암담하지 않았다. 열심히 일하려는 의욕도 있고 무엇보다 비록 가식적이긴 하지만 매일 웃을 수 있었다. 그때도 줄기차게 비가 내렸다.

비를 뚫고 검은 바지가 지나가고 날씬한 종아리도 지나갔다. 걸음걸이가 경쾌한 걸 보니 좋은 데 가나보다 싶었다. 하얀 샌들이 지나가나 했더니 출입문 앞에 와 선다. 신발을 하나하나 헤던 그녀의 눈이 커졌다. 손님이라고 직감한 수희는 벌떡 일어섰다.

"언니! 오랜만이예요."

한 손으론 젖은 우산을 털며 한 손에 화장품 가방을 들고 들어서는 여인을 보며 수희는 속으로 실망한다.

"그동안 재미가 좋았어요? 못 본 사이 더 예뻐지셨네! 아주 좋은 제품이 나왔는데 구경 한번 해보세요."

화장품 구경할 맘 없는데 하는 말이 치밀지만 수희는 꿀꺽 삼키고 컵을 꺼내 뜨거운 물을 붓는다.

"커피?"

수희의 의례적인 친절에 여인은 웃음기를 거두며 배고프다고 한다. 그 소리를 듣는 순간 수희도 시장기를 느낀다. 아침은 미숫가루와 우유 한 잔으로 족하나 점심은 밥을 먹어야 한다. 시곗바늘이 막 열두 시를 넘어서고 있다.

"언니 내가 점심 살까?"

수희는 과잉 친절로 다가서는 여인의 얼굴이 새삼 낯설어 보인다.

"머리 손질 좀 할까?"

수희는 밥은 내가 줄 테니 그 돈으로 머리나 만지라는 말을 미소로 대신하며 어느새 테이블을 치운다. 신문지며 잡지 종이컵 등 오전에 다녀간 손님들의 흔적들을 손에 힘주어 깨끗이 닦는다. 지나간 흔적은 깨끗이 지워야 돼!

"나 밥 줄라구?"

"어제 엄마가 맛있는 김치 해왔어."

냉장고에서 김치를 꺼낸다. 내실에 누워 텔레비전을 보고 있을 어머니 생각이 잠시 난다. 어머니는 아직 식사 전이다. 아침에 아무리 권해도 어머니는 일어나지 않았다.

"너나 먹어라, 밥이고 뭐고 귀찮다. 어제 먹은 게 아직도 속이 거북해…"

엊저녁 오랜만에 딸을 찾아온 어머니에게 돼지갈비에 돌솥밥으로 외식을 시켜드렸는데 그것이 덜 좋았던지 아침 식사를 한사코 거부했다. 좀 편해지셨나? 세상에서 가장 나를 사랑하는 분, 새삼 생각하며 수희는 내실로 들어간다. 어머니는 반듯이 누워있다.

"엄마! 좀 어떠세요?"

노인은 대꾸가 없다. 만사가 귀찮으신가 보다. 수희는 할 수 없이 돌아 나온다. 전기밥통에서 밥을 퍼 테이블에 놓는다. 두 여자는 마주 앉아 식사를 한다.

"도대체 언니는 된장찌개에 뭘 넣길래 이렇게 맛있어?"

언제나 여인은 아부를 떤다. 아첨인 줄 알지만 듣기 싫지 않다. 어머니가 공들여 가져다주는 된장은 사실 세상 그 무엇보다 맛있다. 식사를 마치고 여인을 거울 앞에 앉힌다. 머리에 물을 뿌린다. 눈치를 살피며 여인이 묻는다.

"언니는 언제까지 혼자 살 거야?"

"..."

"있잖아 아주 괜찮은 사람이 있는데."

피식 웃는다. 화장품을 안 살 거면 중매 상품이라도 사라는 건가? 괜찮은 사람? 나 빼고 다 괜찮지 뭐.

"본인이나 생각해보지 그래?"

여인은 입을 다물고 생각한다. 도대체 이 여자는 왜 혼자 살고 있을까? 무슨 사연 때문에? 농 삼아 몇 마디 던져본다.

"얼굴도 예쁘고 아직 몸매도 괜찮고, 대화해 보면 기본 학력은 되는 것 같고… 그런데 왜 혼자 살아?"

수희는 잠시 심각해진다. 그런 것만 갖추면 누구든지 같이 살 수 있니? 그렇게 간단한 거야?

"내가 왜 혼자야 주 언니가 있는데."

여인이 쿡쿡 웃는다. 주 언니는 휴가 중인 동업자다. 사실 두 사람은 동성연애자라고 소문이 나 있다. 절대로 그렇지 않지만.

수희는 주 언니를 교도소에서 만났다.

"살인을 했다고?"

수희의 물음에 그녀는 서글프게 말했다.

"글쎄 개울에 발 담그고 있는데, 웬 놈이 뒤에서 다짜고짜 덤비는 거야. 어찌나 놀랐던지. 얼떨결에 잡히는 대로 죽어라 잡아당겼는데 그게 넥타이였잖아. 밤에 술 처먹고 아무 여자한테나 대드는 놈이 어울리지 않게 넥타이는 또 왜 매고 있었담. 아무리 늦은 시간이라도 그렇지."

그녀는 그 무렵 세상이 싫어져 승려가 되려고 마음먹었다고 했다. 잠이 안 오는 밤에 개울에 나간 것이 잘못이었다. 유난히 흰 피부의 주 언니라 달빛에 비친 종아리가 어지간히 매혹적이었던지 배회하던 취객이 순간적 충동을 이기지 못하고 덤볐다가 목숨을 잃은 것이다.

"뭐 과잉방어라나? 그리고 늦은 시간에 내가 거기에 있었던 것도 원인 제공에 해당된다고. 덥고 잠 안 와서 개울에 나간 것이 잘못인 줄 그때 처음 알았네. 허구한 날 툭하면 하던 짓인데. 뭣보담 혼자 나간 게 잘못된 거여. 게다가 생사람을 잡았으니 죄가 없겠어? 아이구 말도 말어. 세상에 쥐도 못 잡는 내가 사람을 잡았다는데 처음엔 믿어지지가 않더라고 어찌나 억울한지, 그런데 집이는 어쩌다가 여긴 온 거야? 원, 암만 봐도 험한 짓 할 사람은 아니구먼."

수희는 아무 말도 하지 않았다. 그즈음 슬프다는 말로는 부족한, 형용할 수 없는 아픔이 가슴 가득 차 있어 무슨 말도 섣불리 할 수가 없다. 남편은 수희가 멋모르고 일을 저질렀다며 같은 아파트 주민들에게 도장을 받아 탄원서를 제출했다. 그 덕인지 5년 형을 받았다. 처음 일을 저지르고 체포되었을 때 수희는 남편에게 버림받고 사형당할지도 모른다고 각오했었다. 그러나 남편의 행동은 수희에게 실낱같은 희망을 주었다. 영어의 생활 이태쯤 되었을 때 어느 날 불쑥 찾아온 남편은 서류를 내밀었다.

"도장 찍어."

눈앞에 이혼 서류가 펼쳐졌다. 설마 하면서도 남편이 용서해 주지 않으리라 각오하고 있었다. 하지만 막상 눈앞에 닥치자 정신이 아득했다. 어차피 자신은 영어의 몸. 남편과 자식을 돌볼 수 없다.

한창 엄마가 필요한 아이들 얼굴이 커다랗게 다가온다. 입에 담을 수 없는 죄는 지었지만, 그래도… 용서해 주면 안 될까? 용서를 빌 염치도 없지만. 수희는 속으로는 애원하면서 겉으로는 선선히 도장을 찍었다. 그리고 작고 가냘픈 음성으로 도와주어서 고맙다고 말했다. 그녀 나름으로 남편과 자식을 지키려고 몸부림친 결과가 너무나 비참했다. 방으로 돌아온 수희는 그날 하루 종일 자신에게 말했다. 싸지 뭐. 남편의 눈을 속여 가며 몇 년씩 외간남자와 정을 통한 화냥년… 게다가 살인교사의 끔찍한 죄인.

남편과는 한동네에서 태어나 함께 자란 사이이다. 언제부터 연애를 시작했을까. 아무튼 남편과 수희는 모두 첫사랑이었다. 여고 졸업을 눈앞에 두고 수희의 배가 조금씩 불러왔다. 부모를 기함시키고 어린 나이에 결혼해서 아들 하나 딸 하나를 낳아 소중하게 길렀다.

수희의 가정을 파탄 낸 또 한 사람 그는 부동산 사무실의 대표이다. 수희가 그 사무실에 처음 취업했을 때 서로 아무 감정도 없는 사이였다. 아이들이 학교에 다니게 되자 남는 시간에 돈이나 벌자고 취직했는데 그때부터 문제가 시작되었다. 밤늦은 시간까지 함께 일할 때가 많다 보니, 야식을 먹고 찜질방도 가고, 물론 동료들과 함께였지만 그와 어울리는 시간이 많았다. 큰애가 고등학교 진학을 앞둔 해, 여느 때처럼 회식을 하고 일행은 승용차에 나누어 타고 귀가를 서둘렀다. 겨울비가 조금씩 오고 있었다. 어쩌다 보니 차 안에는 수희와 대표 둘 뿐이었다. 어떻게 이차에 둘만 탔나 싶었지만 뭐 어때 집에 가는데 하고 대수롭잖게 생각했다. 그런데 그날은 뭔가 이상했다. 내비게이션 TV에서 야릇한 장면이 보이고, 그가 그녀의 손을 잡았다. 그리고 한쪽 팔로 그녀를 끌어안았다. 어떤 까닭인지 거부하지 못했다. 아니 오히려 기다린 것 같았다. 술 탓일까? 친숙한 감정이 이끈 결과일까.

"수희 씨, 수희 씨…"

그는 그녀의 이름을 수없이 불렀다. 엄연히 유부남 유부녀임에도 그들은 집으로 돌아가지 않았다. 모텔의 객실에서 남자의 애무를 받으며 수희는 중얼거렸다. 아마 꿈일 거야. 정신을 차렸을 때 후회했다. 새벽에 각각 귀가하면서 그들은 그 밤의 실수를 비밀로 할 것을 약속했다. 그러나 약속은 지켜지지 않았다. 오히려 차츰 많은 것을 공유하며 만남을 즐기게 되었다. 임시라는 명목으로 부동산이 수희의 명의가 되었다. 수희가 관리하는 통장도 생겼다. 무엇보다 대표가 수희와의 시간을 자꾸 가지려 애썼다. 사무실의 오너인 그는 언제든지 수희를 불러냈다. 어느 날 사무실의 이 양이 말했다.

"언니 사장님하고 너무 친하지 마세요."

수희는 가슴 속에서 쿵! 소리가 나는 것을 들었다. 뭐라고? 물었으나 자신의 목소리조차 아련히 들렸다. 도둑이 제 발 저린 탓이리라.

"사모님이 자꾸 캐물어요. 언니가 넘 예뻐서 그런가, 아무래도 의심하나 봐요. 내가 언니 절대로 그런 사람 아니라고 말했어요. 그래도 언니가 사장님 하고 너무 친하지 말아야 할 것 같아요."

그들이 대화하는 동안 다른 직원들이 등 뒤에서 비죽이 웃는 것 같았다. 저들은 다 알고 있는지도 몰라! 아냐! 알 리가 없어! 혼자 수없이 주고받은 문답. 요즘은 배우자 외에 애인도 있어야 하고, 그것도 두셋쯤 거느려야 능력이 있다고 야한 농담을 밥 먹듯 하는 사무실이다.

그러지 않아도 딸아이가 아침에 한 소리 했다. 사장님이 남의 부인인 엄마한테 아무 때나 전화하고 문자를 보내고 너무 예의가 없다고. 뜨끔했다. 자식도 장성하면 눈치를 봐야 하는구나 싶었다. 그런데 그는 눈치 없이 자꾸 수희를 불러낸다. 거절하지만 어쩔 수 없이 걸려들기도 한다. 어느 날은 수희가 전화를 받지 않자 몸이 단 그는 아예 사무실에 죽치고 있다가 같이 퇴근했다. 마주 앉았을 때 이제 각자의 가정에 충실하자고 수희는 말했다. 하지만 그는 여느 때처럼 탐욕스런 눈으로 수희를 훑을 뿐이다. 결국 그날도 불륜을 피하지 못했다. 처음에는 수희의 의견을 많이 존중해 주고 애지중지했지만 그는 이제 폭군이 되었다. 그의 손아귀를 벗어나는 것이 어렵다는 것을 깨달아야 했다. 문제가 심각했다. 그의 아내가 두 사람을 의심하고 있었다. 만일 발각 난다면? 그 후에 벌어질 일은? 아! 생각도 하기 싫다. 아무리 입이 아프게 얘기해도 그는 끄떡도 하지 않는다. 울면서 애원하고 모질게 앙탈 부려도 소용없었다.

그는 말했다.

"절대로 헤어질 수 없어. 원한다면 이혼이라도 할게!"

고마워해야 하나? 수희는 밤을 꼬박 새워가며 처절한 심정으로 고민했다. 마침내 아침이 되었을 때 마음속으로 외쳤다. '난 절대로 이혼할 수 없어! 어차피 능력 없고 정 없는 남편이야 그렇다 쳐도 내 아들과 딸은 어떻게 하라구!' 딸의 고교 입학 전에 사건은 시작되었는데 어엿이 여대생이 되어있다. 꽤 많은 세월 그와 정이 들었다는 것을 인정하지 않을 수 없다. 꼬리가 길면 잡힌다는데 지난날을 돌이킬 수는 없다. 그러나 늦기 전에 정리를 해야 한다. 또다시 만났을 때 수희는 무릎을 꿇고 가정을 지키자고 애원했다. 수희가 결심을 단단히 하고 있는 것을 새삼 알게 된 그는 같이 무릎을 꿇었다. 너를 만나지 못하면 못 살 것 같다고, 그는 더욱 적극적인 태도를 보였다. 그리고 기껏 한다는 소리가 주위를 조심하고 경계하면 된다는 거였다. 미칠 것 같았다. 그만 끝내자고 말하면서 질질 끌려다니는 자신도 싫고 너무나 어리석은 그도 싫었다.

수희는 고민으로 잠 못 이루는 날이 많아졌다. 고민 끝에 머릿속이 들끓으며 정말이지 그가 죽이고 싶도록 미웠다. 밥맛도 잃었다. 궁여지책으로 벼르다가 어느 날 남편에게 일을 그만하고 싶다고 했다. 남편은 딸이 대학을 졸업할 때까지만 더 고생하라고 웃으며 수희를 달랬다. 하긴 경제적 문제도 무시할 수 없었다. 사면초가였다. 오너에게 붙잡히지 않으려고 퇴근을 서두르고 일찍 귀가하는 등 노력했으나 언제나 얼마 가지 못했다.

수희는 인터넷에 들어가 죽고 싶다고 하소연을 했다. 카키라는 이름을 쓰는 인터넷상의 친구는 이미 여러 차례의 대화로 친숙한 감정을 가진 터였다. 그 친숙한 감정이 순전히 착각이었고, 결국 믿을 수 있는 사람은 없다는 것을 철저하게 일깨워 준 사람이지만.

카키가 무엇 때문에 죽고 싶은지 물었다. 수희는 자신을 괴롭히는 사람에 관해 이야기했다. 아무래도 그 사람 때문에 큰 피해를 입을 것 같아요. 정말이지 내가 죽던지 그 사람이 죽든지 해야 결말이 날 거 같아요. 카키가 도와주고 싶다고 제의했다. 무엇에 씌운 것처럼 그의 인적 사항을 말했을 때 카키는 사례를 요구했다. 수희는 웃었다. 여자의 힘으론 어려워요. 키가 장대 같고 힘도 아주 센 사람이에요.

카키는 자신이 남자임을 밝혔다. 수희는 깜짝 놀랐다. 어머나! 여자분 아니었어요? 당연히 여자로 알고 있었는데. 그가 요구하는 금액이 마침 수중에 있었다. 이것만 지불하면 이 엄청난 고민에서 벗어날 수 있다고? 앞뒤 생각 못할 만큼 지쳐있었던 수희는 착수금 명목으로 그가 불러주는 계좌에 인터넷 이체를 해버리고 말았다.

홀가분할 줄 알았다. 시원할 줄 알았다. 날아갈 줄 알았다. 그런데 아니었다. 견딜 수 없는 불안감이 수희를 짓눌렀다. 결국 내가 지은 죄 때문에 고통받아야 한다면 그것도 내 몫이라는 결론을 내렸다. 카키에게 취소하겠다고 문자를 보냈다. 처음엔 아무 응답이 없더니 이윽고 대꾸를 해왔다. 기가 막히게도 그는 수희의 남편과 아들과 딸의 이름, 어느 학교에 다니며 몇 시에 귀가하는 것까지 세세히 알고 있었다. 만일 약속을 지키지 않으면 남편과 아이들이 위험할 줄 알라는 협박을 했다. 어차피 같은 배를 탔으니 나머지 금액이나 약속 날짜 안에 이체하라고 냉정하게 말했다. 휴대전화 액정 화면에 떠오른 문자들을 읽는 순간 수희는 기절할 것 같았다. 여우 피하려다 호랑이를 만난다더니 산 넘어 산 아닌가…

무엇보다도 가정과 아이들 때문에 정리하려고 한 것이다. 그 아이들을 볼모로 카키는 협박을 했다. 수희는 벌벌 떨었다. 어떤 일이 있어도 아이들은 지켜야 한다. 다른 생각은 모두 날아갔다. 오직 내 새끼들! 가슴 가득히 그들이 남아 얼마나 눈물을 흘리며 치를 떨었는지 모른다. 매달려 보는 심정으로 애걸복걸해도 마주 앉은 카키는 냉정했다. 결국 남은 금액마저 그에게 건네었다. 그리고 카키의 지시로 태연히 사무실에 출근했다.

"아무 일 없다는 듯 일상생활을 지속해야 합니다."

마치 생각이 마비된 것처럼 수희는 시키는 대로 움직였다. 마침내 약속된 날 부동산 사무실 대표는 멀쩡하게 출근했다. 수희는 어머? 카키 그 인간 거짓말한 거 아냐? 하면서도 한편으로는 가슴을 쓸어내렸다. 아! 다행이다! 돈은 떼여도 괜찮아! 차라리 사기당한 거였음 좋겠다고 생각했다. 그날 저녁 모처럼 친구들을 만나 실실대며 저녁 식사를 할 때 전화가 왔다. 사무실 아가씨였다.

"언니! 얘기 들었어요? 사장님이 큰일 났어!"

"…"

수희는 얼어붙었다. 웬 괴한이 귀가하는 사무실 대표를 아파트 입구에서 칼로 찔렀다고 했다. 마스크에 모자를 깊숙이 눌러쓴 괴한은 키가 작아서 급소를 찌른다는 것이 조금 빗나갔지만 대표는 중태에 빠져 어떻게 될지 모른다는 것이다. 아무 생각도 나지 않았다. 그가 죽는다면? 아찔한 일이다. 그러나 아주 짧은 순간, 그가 죽었으면 좋겠다는 생각이 스쳐 갔다. 이왕 벌어진 일 골칫거리만 해결된다면! 허나 다음 순간 그런 자신에게 정나미가 떨어졌다.

그로부터는 하루하루가 차라리 지옥이었다. 동네는 날마다 떠들썩했다. 어느 날 그녀가 맥없이 귀가하는데 길목에서 누군가 수희를 불렀다.

"이수희 씨?"

그녀는 다가오는 상대방을 멀거니 바라보았다. 이 사람이 누구였더라? 혹시 카키인가? 그런 생각이 들어 흠칫 놀라는 순간이었다.

"당신을 살인교사 혐의로 긴급 체포합니다. 변호사를 선임할 수 있으며…"

영화에서나 들어본 말이 수희의 귀에 흘러들어왔다. 아! 이제 나는 끝났구나. 차가운 금속성이 두 팔에 감각되며 찰칵 소리를 낼 때 수희는 정신을 잃었다.

보름 정도 중태에 빠져있던 그가 의식을 회복하며 수사가 급진전했다고 했다. 정신을 차린 그가 제일 먼저 부른 이름은 자신의 아이였다고. 어쩌면 언제나 민주야로 부르는 아내였을지도 모른다. 눈물범벅으로 자신이 깨어나기를 기다린 아내를 본 순간 심정은 어땠을까? 그가 깨어나자마자 모든 것을 이실직고 한 것은 아니다. 수희와의 관계를 실토하기까지 꽤 시간이 걸렸다. 수사관의 예리한 질문을 피할 만큼의 높은 지능을 소유하지도 못했고, 무엇보다 죽기 직전까지 간 연약한 상태에 있던 그의 몸이 한몫했다. 마침내 모든 것이 그의 입에서 나오고 수희가 수사 선상의 가장 유력한 용의자로 떠올랐다. 제일 먼저 근간 사용한 수표가 추적되었다. 카키가 체포되고 그에게 수표를 건넨 자가 마침 혐의를 두고 있는 수희임이 밝혀졌다. 수표는 헤어지자고 매달리는 수희를 달래기 위해 그가 평소보다 몇 곱절 많게 끊어 준 고액이었다. 결국 모든 사실이 만천하에 밝혀졌다. TV와 신문에 연일 그들의 사건이 보도되었다. 그녀는 며칠 동안 대한민국을 떠들썩하게 했고 그들의 동네 K시가 발칵 뒤집혔다.

수희가 재판과정을 거쳐 5년 형을 언도받고 수감된 곳은 생각보다 그렇게 살벌하지 않았다. 출입구나 창문이 쇠창살로 되어있는 것만 빼고는 그냥 평범한 방과 복도의 구조였다. 그 방에서 초범인 주 언니와 룸메이트로 만났다. TV나 신문이며 책도 볼 수 있고 뜻만 있다면 무언가 배울 수도 있었다. 금지된 것은 외부와의 접촉과 외출이다. 죽도록 보고 싶은 아이들은 5년 동안 한 번도 찾아오지 않았다. 남편도 이혼하고 발을 끊었다. 어머니만 찾아와 그녀의 손을 붙들고 몸조심해라, 건강 챙겨라, 하며 영양제도 넣어주고 돈도 넣어주었다. 죄인이 되니까 평생 함께 살 줄 알았던 남편이 돌아서고, 피와 살을 나누어 준 새끼들도 냉담했다. 오직 부모만이 버리지 않는다는 것을 알게 되었다.

"언니 아직 멀었어?"

"응, 다 됐어."

남편의 차가웠던 눈을 생각하던 수희는 후딱 정신을 차린다. 손님은 뭘 그렇게 골똘히 생각해? 라고 묻는 눈으로 바라본다. 수희는 상업적인 미소로 일을 마무리한다. 그곳에서 취득한 자격증으로 남은 생애를 살고 있다. 실없는 소리만 늘어놓던 손님이 갔다. 홀가분한 심정으로 내실에 들어가 어머니를 부른다.

"엄마 이제 그만 일어나세요."

어머니는 여전히 대답이 없다. 어머니를 흔든다.

"엄마 뭐 좀 드셔야지요, 일어나라니까!"

여전히 반응 없는 어머니를 흔들던 수희는 깜짝 놀란다. 어머니가 이상하다. 까무러치게 놀란 수희는 본능적으로 119를 누른다. 아! 어머니가 운명하셨다.

급히 달려온 큰오빠 내외는 황망 중에도 냉담했다.

"너는 오지 마라."

그렇게 말하고는 뒤돌아서 올케와 함께 가버렸다. 근 6년인가 7년 만에 대면한 큰오빠와 막내 여동생이다. 일이 터졌을 때 올케는 막내 시누이가 조카들의 혼삿길을 가로막았다고 대성통곡을 했다. 그 무렵 막 혼기에 들었던 조카들은 지금 모두 결혼해 잘살고 있다. 이혼할 때의 남편 못지않게 차가운 오빠의 눈빛. 수희는 차마 어머니의 영안실에 쫓아가지 못한다.

이혼 때도 울긴 울었다. 두고두고 몇 날 며칠을… 그래도 그때는 이혼 당해 싸다는 생각이 머릿속 가득 차 있어서 지금처럼 피를 토하는 심정은 아니었다.

이럴 줄 알았다면 어머니를 못 오시게 할걸. 아니 미장원을 하지 말걸. 되돌릴 수 없는 과거로 다시 거슬러 올라가며 수희는 자신이 밉다. 어머니가 돌아가셨으니 이제 정말 혼자이다. 그나마 친정과 그리운 아이들을 연결해 주는 끈이었던 어머니. 수희는 어머니를 잃은 아픔 못지않게 외로움이 뼈에 사무친다. 울다가 잠들고 다시 깨어나면 울고…

얼마나 시간이 지났을까. 하루? 이틀? 수희야. 누군가 수희를 불렀다. 누구세요? 그 이름 부르지 마세요. 난 수희가 아니에요. 수희는 죽었어요. 이름도 없고 가족도 없는 낙엽 같은 존재예요. 수희가 간신히 눈을 뜨자 주 언니가 소리쳐 수희를 흔들고 있었다.

"여기 손님들 오셨는데 일어나봐."

주 언니가 왔구나 싶어 잠깐 눈을 떴으나 다시 스르르 감긴다. 정신이 아득하다.

"나다."

나라니 누구? 아득한 정신을 수습하며 눈을 떠보려고 애쓴다.

"도대체 밥은 언제부터 굶은 거냐?"

아, 이 목소리는 작은오빠가 아닌가. 작은오빠는 언제나 수희의 편이었다. 사건이 터졌을 때도 남편과 함께 꽤나 애써 주었던 작은오빠였다.

"어머니 장례는 잘 치렀다. 어차피 가신 분 때문에 속 끓일 것 없다."

주 언니가 죽을 들여보냈다. 작은오빠가 몇 수저 떠서 수희의 입에 넣는다. 할 수 없이 몸을 일으킨다.

"내가 먹을게 오빠."

몇 수저 떠서 목으로 넘긴다. 산 사람은 살게 되어 있다. 아무것도 먹지 않던 속에 죽이 부드럽게 흘러 들어가자 몸이 반긴다.

"엄마! 아, 엄마…"

수희가 K시를 발칵 뒤집어 놓은 탓에 어머니는 망신은 말할 것도 없고 겪어야 할 수모가 말로 표현할 수 없었으리라. 그래도 그런 딸도 자식이라고 수희에게 드나들던 어머니! 그 어머니를 영원히 보냈건만 밥이 입에 달다.

수희가 죽 그릇을 비우자 작은오빠는 안도의 표정으로 이런 저런 이야기를 늘어놓는다. 수희의 아이들이며 집안 조카들 소식이다. 수희는 이따금 고개를 주억거리며 오빠의 이야기를 듣는다. 그러다가 오빠가 하고 싶은 말이 따로 있음을 깨달았다.

"최 서방 소식 모르지?"

알 턱이 없다.

"최 서방이 며칠 전 네 소식을 묻더라."

남편을 지칭하는 소리를 몇 년 만에 듣는지 모른다. 남의 이름을 듣는 것 같다. 그래도 가슴 속 깊은 곳에서 어떤 느낌이 올라오는 것 같기도 하다.

"몰랐는데 그동안 많이 야위었더라."

오빠는 조금 망설이더니 한마디 더 던진다.

"간암이란다. 며칠 안 남았대. 너 수감 직후부터 암 투병을 했다는구나."

순간 그녀의 몸이 하르르 떤다. 귀에서 소리가 난다. 왜 이래? 남이 된 사람인데… 남편의 냉정하던 눈빛이 새삼 아프게 다가온다.

그날 이후 미장원 문을 열지 않았다. 마치 넋 빠진 사람처럼 일손을 잡을 수가 없다. 이혼한 남편, 그것도 어제오늘도 아니고 이혼한 지 칠 년도 더 지났는데 도대체 왜 이럴까

"뭐니 뭐니 해도 건강이 젤 중요해. 몸 추스를 때까지 쉬어."

처음엔 인심 좋은 말을 늘어놓던 주 언니지만 어제부터 눈치가 좀 다른 것 같다. 나 혼자라도 일을 할까 봐 그러면서 수희의 눈치를 살핀다. 살아있는 동안은 일을 해야지… 일을 하는 거야. 낼부터 가게를 열자고 마음을 다잡는데 전화 왔다며 주 언니가 부른다. 누가 나한테 전화를? 괜히 불길한 생각이 들며 천천히 수화기를 잡는다.

"은아 엄마? 나야."

남편이다. 착 가라앉은 목소리를 듣는 순간 수희는 얼어붙는다. 심장이 덜컥 소리를 낸다.

"잘 지내지?"

어쩐지 숨소리가 가쁜 것 같다.

"잘 지냈어? 사정이 좀 있어서 당신한테 못 갔어."

그렇게 말하고 남편은 말을 끊는다. 얼마 안 남았다는 사람이… 가쁜 숨소리가 전화기 저쪽에서 색색거린다.

"보고 싶었어."

가느다란 남편의 말소리는 마치 신음 같다.

"아무래도 내가 어딜 가야 할까 봐. 가기 전에 당신 목소리 한 번 듣고 가려고."

남편은 숨이 차서 수시로 말을 멈춘다.

"은아 엄마 미안해. 거길 그렇게 그만두고 싶어 했는데 눈치 없는 내가 등 떠밀어서…"

수희의 야윈 뺨으로 눈물이 주르르 흐른다. 입안에 침이 한 방울도 없다. 분명 입술은 달싹이는데 자신도 무슨 말을 하는지 깨닫지 못한다.

"잘못했어, 은아 아빠 정말 잘못했어. 용서해줘. 난 언제나 당신뿐이었어. 믿어 줘…"

두서없는 수희의 목소리가 드센 빗소리에 묻힌다. 남편도 무어라 대꾸한다. 눈물에 잠긴 대화가 굵어지는 빗소리에 묻히고 만다.

해설

평범한 사람들, 평범한 이야기의 온기

—박성선 소설집 『마장역에 가면 우나가 있다』

김성달 · 소설가

박성선 작가의 첫 소설집 『마장역에 가면 우나가 있다』는 우리가 흔히 만날 수 있는 평범한 사람들의 평범한 이야기를 담고 있다. 엽기적인 것도, 기이한 것도, 새로운 것도 없는 이야기이지만 묘한 끌림으로 와 닿는 소설이다. 그 끌림은 아마도 소설의 형식 때문일 것이다.

이 소설은 화자와 독자 사이에 형성되는 직접적인 소통에 집중하지만, 그 소통은 간결하고 절제되어 나타나고 있다. 아홉 편의 소설 속에서 화자는 인물들의 말을 독자들에게 전해주는 전령에 지나지 않으면서도 모든 것을 자세히 알고 있는 듯하다. 그러나 화자들은 그들이 알고 있는 것을 모두 말하지는 않는다. 그 때문에 독자들은 엿듣는 것 같은 약간의 정보에 의지하지만 궁금증을 완전히 해소하기에는 충분하지 못하다는 결핍과, 소설의 시공간적 지속성의 파괴를 지각하면서 그 공백을 스스로의 추론으로 메워간다. 이때 독자들은 화자들이 전달하는 인물의 기억과 느낌을 있는 그대로 즉물적으로 접촉하게 된다. 바로 그 현장에서 전달되는 인간의 그 따뜻한 온기가 독자들을 평범한 인물들의 평범한 이야기 속으로 끌고 들어가는 촉매제 역할을 한다.

박성선 작가의 소설은 삶의 밀도를 사소하면서도 세부적인 인간의 온기와 몸짓으로 감당하면서, 극적인 사건이나 반전이 아니라 사소하고 단편적인 표정과 몸짓, 숨소리, 울음소리 같은 것을 통해 모종의 기능을 감당하게 만든다. 이런 소설적 형식의 공간은 연극의 무대처럼 관객석과 동일한 공간이지만 동시에 허구의 진실이라는 것을 연출하는 유다른 체험의 공간이 된다. 그 체험과 인식은 독자들이 소설 속에서 빈번하게 마주치는 죽음까지도 단순한 삶의 물리적 소진을 넘어서는 실존의 현장으로 다가오게 만든다.

「울음소리」「사랑니」「은행나무집 딸」「8호실」「부부」「친구의 아들」「마장역에 가면 우나가 있다」「바람의 아가」「비가 온다」의 아홉 편 단편은 평범한 사람들이 흘리는 눈물, 속을 끓이는 정한, 끈끈한 핏줄, 애타는 사랑에 관한 이야기이다. 이야기를 끌어가는 작가의 문체는 간결하면서도 쉽게 읽히는 흡인

력을 가지고 인물의 사연이 피부에 바로 와닿게 직접적이다.

소설의 모든 이야기는 결국 화자 자신의 현재 상황으로부터 오는 자극에 대한 반응이다. 화자가 전달하려는 인물들의 과거는 그것을 독자에게 전달하려는 의지의 표현이 아니라 스스로를 괴롭히는 심적 자극에 촉발되어 일어나는 현장으로 화자와 인물들이 자신의 의식에 떠오른 말을 그대로 내뱉고 있다. 작가는 이런 현장의 분위기를 즉각적이고도 생생하게 전달해 감흥을 일으키고 있다. 이것은 아마도 방송국에서 드라마를 연재한 작가의 경력에 기인한 것일 수도 있으리라.

「**울음소리**」는 사채업자인 그와 처음으로 정을 준 여자 소이의 삶이 울음소리를 매개로 눈물겹게 그려지고 있다. 이 소설에서 울음소리는 이중적인 의미를 지닌다. 하나는 그야말로 객관적인 '울음' 소리이다. 또 다른 하나는 나의 주관적인 의미로 울음이 가져오는 '기억'이다. 울음소리는 그로 하여금 현재로부터 과거로, 자신으로부터 소이로 비약하게 만드는 연상의 매체이다. 소설 속의 인물들은 울음소리의 두 번째 의미를 이해하지 못한다. 그들은 모두 그야말로 객관적인 의미에서만 울음소리를 듣고 있다. 하지만 그에게 '울음소리'는 아버지를 비롯한 지난 상황과의 연결고리이자 소이로 시작되는 현재이자, 현재부터 과거로의 비약으로 이어지는 고리이며 애도이다.

안에서 울음소리가 새어 나온다. 그 소리. 듣는 이의 가슴을 치는 그 소리. 듣는 이의 가슴을 치는 그 울음은 분명 귀에 익은 그녀의 울음소리이다. 저토록 서러운 저 울음의 정체는 무엇일까? 그의 마음 깊이 남아 두고두고 고마운 생각이 들게 했던 저 울음소리는 저 여인이 살아가는 방법인가? 그럼에도 불구하고 울음소리를 듣는 지금 그의 가슴 깊은 곳에서 아픔 같고 슬픔도 같은 것이 고인다. 거짓 울음은 남의 마음을 울릴 수가 없다. 그토록 기구한 삶을 살았다면 그렇다면, 그녀의 애절한 울음은 죽은 자에 대한 애도가 아니라 자신의 일생에 대한 애도가 아닐까. 멍하니 울음소리를 들으며 서있던 그는 슬그머니 돌아선다. (「울음소리」 중에서)

백수의 사랑이야기를 맛깔스러운 입심으로 풀어놓은 「사랑니」는 첫사랑의 메아리가 오래도록 가슴에서 떠나지 않으면서도 인물의 잔상이 짙다. 나와 은혜 사이의 우연과 소통의 교란 그리고 반전이 흥미를 유발한다. 독자의 예측과 기대를 자유로이 깨뜨리는 이런 결말에 어쩐지 안도감이 느껴지는 것은 어째서일까? 그것은 백수의 삶을 살아가는 나의 현실이 너무 위태롭기 때문이리라.

치대를 다니는 놈은 첫사랑을 사랑니라고 부르는 건가. 결국 나는 성현진을 택해야 하나. 준호의 휴대폰이 울었다.

준호가 누구랑 통화하더니 안으로 들어간다. 잠시 후 준호는 은혜를 데리고 나왔다. 그리고는 자랑한다.

"우리 사귄 지 오늘 백 일째 되거든… 축하해주라."

나는 멀거니 나의 사랑니를 바라보았다.(「사랑니」 중에서)

「**은행나무집 딸**」은 은행나무집 딸 금이 언니와 태일 오빠 두 사람의 운명을 축으로 하면서도 따뜻하면서도 정감어린 그 시절을 들려준다. 은행나무집 사위 태일 오빠의 교통사고 사망소식에 망연자실한 나는 둘을 둘러싼 일들을 기억하면서 그의 죽음을 애도한다. 둘의 사랑 편지 매파가 되어 부지런히 오가던 그때를 회상하는 몸의 기억이 풋풋한 울림으로 다가온다.

편지를 도로 들고 오면서 슬그머니 호기심이 머리를 드는데 도저히 이길 수가 없었다. 그래서 큰 나무 뒤에 숨어서 편지를 뜯어보았다. 아, 그때 얼마나 가슴이 뛰었던지. 그런데 내용은 별게 아니었다. 그저 간단하게 오늘 뭐 하느냐고 씌어있었고 예쁜 단풍잎과 은행잎이 몇 장 팔랑대며 떨어졌다. 기가 막혀서. 열 살밖에 안 된 나이에 간지럽도록 은밀한 사랑의 고백을 기대했던 나는 그만 어이가 없었다. 그래서 이따위 시시한 심부름을 이젠 하지 말아야지 하고 결심했다. 그다음부터 나는 언니가 창문을 똑똑 두드리면 엄마가 계신 안방으로 도망쳐 라디오를 크게 틀거나 못 들은 척했다.(「은행나무집 딸」 중에서)

이 소설이 더 슬프고 순후하게 다가오는 것은 태일 오빠의 죽음이 이젠 안타까움에 한숨짓던 가슴 설레는 어떤 시대의 종언, 어쩌면 속절없이 그 시절의 종언을 상징하기 때문이다.

「**8호실**」은 노래방의 특8호실을 둘러싸고 벌어지는 에피소드가 최루성이 짙다. 가난과 물질, 피폐하고 혼돈인 현실의 구체적인 무게 또한 느껴진다. 8호실을 둘러싼 사람들의 관계와 생존, 오해와 화해 같은 개념들이 구체적인 현장으로 나타나 있다. 물질이 우선하는 현실 속에서도 인간에 대한 최소한의 외경심을 나타내는 작가의 태도가 잘 반영된 작품이다. 인간이 인간을 보는 따뜻함이 얼마나 본질적이면서 소중한 것인가를 상처처럼 증언하고 있다.

> 8호실에는 천정에 고급 샹들리에가 달렸고 또 대형 스크린 모니터가 TV 겸용이다. 성능 좋은 음향기기를 갖추었다. 다른 룸보다 세배는 더 크고, 푹신한 물소가죽 소파가 놓여있다. 소파라지만, 여느 싱글 침대 못지않게 널찍해서 두병은 이곳에 들어와 한숨 자기가 일과이다. 뿐이랴 다른 룸에 없는 냉장고도 있다. 언제나 양주를 비롯해 각종 비싼 음료가 가득 채워져 있다. 수입 대리석 바닥에다 소파가 놓여있는 부분은 양탄자가 깔려있다. 사방 벽 윗면은 검은 조각 거

울로 장식해 화려함을 더해 주었다.(「8호실」 중에서)

이 8호실에 들락거리기를 좋아하는 사람들과 8호실 주인은 마담을 둘러싼 인물들의 속내를 관찰자의 시선으로 여과 없이 드러낸다. 8호실이 상징하는 돈에 파묻혀버리는 세태를 칼날처럼 벼리고 있다. 소설의 인물들이 8호실로 상징되는 쾌락과 물질을 삭여낼 수 있다는 것은 고통스러운 삶을 살아온 개인의 내력이 체득한 몸의 지혜일 것이다.

「**부부**」는 염만구라는 인물이 무척이나 흥미롭다. 임대사업자인 염만구는 후처들에게서 자식을 몇이나 둘 정도로 호색한이지만 본처인 도시랑댁의 죽음 앞에서 사람이 영판 달라지더니 죽고 만다. 작가는 그런 염만구를 무작정 미워할 수 없게 다층적이고 입체감 있도록 그려내어 독자들에게 도대체 인생에서 부부의 연이란 무엇인가를 묻게 만든다. 또한 삶의 마지막 길에서 자책의 고통과 대면하는 염만구가 겪는 극심한 내면의 심리묘사가 감성을 흔들고 있다. 아득하게 먼 것만 같은 삶과 죽음의 간극을 지척으로 좁혀지게 만들어 결국 누구나 떠나야 하는 삶의 범상한 시간을 느끼게 한다. 생명이 끝나는 순간 염만구가 도시랑댁을 부르는 그 절체절명 순간의 내면적 충일이 눈부시다.

염만구는 갔다. 아내를 보내놓고도 그가 잘 살줄 알았던 이웃들은 모두 말했다.

"따라갔구먼."

일평생 호색으로 살았던 그가 마지막으로 부른 이름은 첫사랑 보경도 아니고 마지막까지 옆에 있던 양영희 여사도 아니고, 그토록 설움을 주었던 조강지처 도시랑댁 이화순이었다.(「부부」 중에서)

인생이 제멋대로인 염만구와 후처의 자식까지 살뜰히 키워낸 도시랑댁은 그야말로 너무나도 대조적이다. 뚜렷한 대조 속의 상응 관계가 이 소설의 핵심을 이루는데, 염만구가 도시랑댁이 죽으면서 남긴 두툼한 노트에서 '염만구 씨에게 당신의 아내 이화순이가' 하는 편지를 발견하는 순간 두 인물은 묘하게 겹쳐진다. 염만구는 아내 도시랑댁 이화순이 남긴 편지를 통해 그녀의 고통을 체험하기 때문이다. 삶의 끝자락에서 가물가물하는 의식을 붙들고 오랜 세월의 저편을 증언하는 도시랑댁의 편지는 강렬하고도 아프다. 그녀의 슬픈 인생사 기록이기 때문이다.

「**친구의 아들**」은 내 친구 소희 아들의 죽음이 가져온 충격으로 소설은 시작된다. 그를 낳은 소희와 세현은 처음부터 엇갈린 운명이었다. 세현은 우리 언니를 좋아하고, 소희는 그런 세현을 좋아했기 때문이다. 죽음의 문제를 다루고 있지만, 잘못된 사랑에서 비롯된 비극을 통해 인간의 속내를 예리하게 간파한 작품이다. 남녀간에 만들어지는 사랑에는 어떤 숨은 사연이 있겠지만 소희와 세현의 사랑은 남녀간의 대등한 사랑이 아니라 결핍이 만들어낸 것으로 태생부터가 의미심장하다. 훗날의 비극은 어쩌면 그때부터 잉태되었는지도 모른다. 그래서 소설 속의 인물들은 질긴 현실의 굴레를 체험하면서도 적극적인 문제해결의 의욕도 없다. 소극적인 회의와 갈등 그리고 순종하는 것 같은 이 생득적인 숙명 앞에서 느끼는 아득한 절망감은 사랑에 대한 근원적인 물음을 앞세운다.

> 결국 소희는 결혼식도 하지 않은 채 준이를 낳았다. 우리 동네에서 난리가 났다. 소희와 세현, 그들은 얼마간 같이 살았으나 말 그대로 얼마간이다. 세현은 한동안 가출과 귀가를 번갈아 하더니 소희 모자에게 집 한 채 달랑 마련하여 주고 발을 끊었다. 그래도 잊을 만하면 나타나 준의 학비에 쓰라고 몇 푼 주고간다고 했다. 그리고 행방이 묘연해지곤 했다.(「친구의 아들」 중에서)

표제작 「**마장역에 가면 우나가 있다**」는 사랑하는 남자를 잃은 여자의 심리가 애절한데 고양이 우나의 사연이 겹쳐지면서 그 진폭이 크다. 이 작품은 예나와 영우 둘의 내면적 성격과 주변 상황의 충돌에 반응하는 상태에 따라 소설의 분위기가 좌우된다. 예나는 어떤 공동체적인 사회의 윤리보다는 자신의 판단과 의지력이 더 소중하다. 그래서 집에서 반대를 하지만 사랑하는 남자와 동거를 하고, 그 남자가 좋아하는 고양이도 냉정하게 내다 버릴 수 있다. 예나와 영우 두 사람 자아의 상대적인 구조가 교차하면서 이야기가 진행되는데 그 이중구조의 교차지점으로 들어온 고양이 우나 때문에 예나 의식의 내면풍경이 변화의 조짐을 보여주고 있어 인상적이다.

> 그때였다. 동네 통닭 옆 골목에서 고양이 새끼가 아웅거리며 걸어 나온다. 태어난 지 얼마 안 된 것 같은 아주 작은 아기 고양이다. 나도 모르게 걸음이 멈춰진다. 어머! 아기 고양이야 중얼거리며 바라보는데 큰 고양이가 잽싸게 쫓아 나오더니 아기 고양이를 물고 들어간다. 잠깐 동안 벌어진 일이다. 나는 멍하니 골목을 바라본다.(「마장역에 가면 우나가 있다」 중에서)

「**바람의 아가**」는 내 친구 수재와 지후 오빠의 운명적인 사랑과, 내 마음의 성장을 복합적으로 그린 작품으로 여러 이야기들이 공존한다. 서로 무관해 보이는 이야기들 속에 성립하는 인간관계의 특수성은 겉으로 드러나는 수재의 이야기 밑에 흐르는 또 다른 이야기를 감지하게 만드는데 그 이야기들은 상호반영을 이룬다. 그래서 이야기가 겹쳐 들리면서도 일정한 화음을 이루며 여러 생의 삶을 증언하는 그 심정적 거리는 결코 멀지 않은데, 그것은 '우리가 아직 어릴 때부터 지후 오빠는 수재의 남자'라는 운명적인 교감 때문이다.

> 수재가 실종 사건을 일으킨 시점을 전후하여 우리들의 분위기는 달라져 버렸다. 나는 어색한 자리를 모면하려고 약속이 있는데 깜빡했다고 얼버무리며 그 자리를 벗어났다. 다음에 또 봐. 그렇게 말하면서 웃기는 했으나 다음에 어디서 볼 것인가? 수재와 기약 없는 약속을 하며 내 가슴 속에 찬바람이 일었다. 이제 우리는 어린애들이 아닌 거야. 철없이 같이 뒹굴고 손잡고 뛰놀던 그때는 영영 가버린 거야. 아무 생각 없이 마냥 어울리던 시절이 새삼 그립게 다가왔다가 멀어져 갔다. 나도 모르는 사이 흐른 까닭모를 눈물을 훔쳤다. 어쩐지 수재와 그리고 나의 숨겨진 첫사랑 지후 오빠는 다른 세상 사람들인 것 같았다.(「바람의 아가」 중에서)

'어려서부터 유난히 하얀 피부에 큰 눈을 가진 아이라 누구든지 한 번 더 쳐다보는' 수재가 부럽기도 하고 샘나기도 했던 내 어린 날의 감정은 지호 오빠에 대한 첫사랑의 순정함이었고, 소설은 그런 나의 감정을 충실하게 따라가면서도 흔들리는 심리의 파고를 적당하게 그리고 있다. 제 방식대로 세상살이의 문법을 익히고 살아온 수재는 돌이킬 수 없는 사랑의 치명상 앞에서 결국 목숨을 끊는다. 어린 시절 지호 오빠를 통해 생을 보아버린 수재의 삶에 지호의 부재는 감당할 수 없는 현실이요 미래였고, 지호 오빠 역시 마찬가지였을 것이다.

「**비가 온다**」는 비가 오는 풍경으로 시작하는 소설의 분위기와 살인교사 죄로 교도소까지 갔다온 수희의 굴곡진 인생이 묘한 하모니를 이루는 슬픔의 여운이 질기다. 용돈이라도 벌려고 취직한 부동산 사무실 대표의 유혹을 매몰차게 끊어내지 못한 수희는 가정을 지키고 싶은 마음에 청부살인을 계획했다가 발각되어 교도소에 가게 된다. 이혼 후 몇 년 동안 소식이 없던 남편이 간암말기 환자가 되어 수희를 찾는다.

"보고 싶었어."

가느다란 남편의 말소리는 마치 신음 같다.

"아무래도 내가 어딜 가야 할까 봐. 가기 전에 당신 목소리 한번 듣고 가려고."

남편은 숨이 차서 수시로 말을 멈춘다.

"은아 엄마 미안해. 거길 그렇게 그만두고 싶어 했는데 눈치 없는 내가 등 떠밀어서…"

수희의 야윈 뺨으로 눈물이 주르르 흐른다. 입안에 침이 한 방울도 없다. 분명 입술은 달싹이는데 자신도 무슨 말을 하는지 깨닫지 못한다.

"잘못했어. 은아 아빠 정말 잘못했어. 용서해줘. 난 언제나 당신뿐이었어. 믿어 줘…"

두서없는 수희의 목소리가 드센 빗소리에 묻힌다. 남편도 무어라 대꾸한다. 눈물에 잠긴 대화가 굵어지는 빗소리에 묻히고 만다.(「비가 온다」 중에서)

아픔의 경험과 그것이 가져오는 상처의 진폭과 깊이가 '눈물에 잠긴 대화'로 마무리하는 결말의 애잔함과 맞물려 비극의 이면을 더욱 극대화하고 있다. 작품에 깔리는 빗방울이 만들어내는 처연한 그림자들의 형상이 소설의 흐름을 더욱 서글프게 끌고 가면서도 메마른 이야기의 부드러운 윤활유 역할을 하고 있다.

위에서 살펴본 것처럼 박성선 작가의 소설집 『마장역에 가면 우나가 있다』는 사건을 크게 의미화하거나 심층에 들어가지 않으면서도 인물들의 소시민적 형상의 묘미를 표착하고 있다. 서사적 서술보다 우리 주변에서 흔한 정서 속 인물이나 사물의 이미지와 정황을 정확하게 짚어 삶의 가시적 한계 너머를 단단한 문학적 언어로 표현하고 있다.

그래서 작품에서 전지적 설명이 없어도 개인의 독백이나 말을 통해 인물의 형상과 감동의 여운을 끌어내고 있다. 이러한 것은 인간 존엄성에 대한 작가의 깊은 신뢰와 인간애가 있기 때문에 가능할 것이다.

합리주의적인 질서와 첨단화가 인간성을 거부하는 시대에는 인간의 삶은 그 원래적인 온기를 상실할 수밖에 없다. 유실된 인간의 온기를 회복하기 위해 인간이 느끼는 고통, 인습, 소외감, 외로움, 사랑에 대한 따뜻한 감성과 시선을 포기하지 않는 작가는 첫 소설집에서 진지하고 밀도 있는 자기만의 세계를 만들고 있다. 그 작업은 결코 쉽지 않지만 박성선 작가의 소설에서 만난 인물의 삶을 통해 어떤 가능성의 단초를 찾아낼 수 있어 반갑고 든든하다.

인물의 형상화를 통한 인간의 존재를 증명해주는 것이 소설인데 박성선 작가는 이번 소설집에서 비교적 그것을 잘 증명하고 있다. 인간에 대한 신뢰와 따뜻한 온기가 느껴지는 이 소설집은 인간의 인간다움을 존중하는 바탕에서 출발해 무난한 항해를 시작했다. 폭풍이나 혼돈의 어려움 속에서도 흔들리지 않고 인간의 따뜻한 온기 회복을 위한 항해를 오래도록 지속해 한국문학사에 족적을 새기는 작가가 되기를 기원하면서 첫 소설집 출간을 축하드린다.

마장역에 가면 우나가 있다

초판 1쇄인쇄 2019년 7월 10일
초판 1쇄발행 2019년 7월 12일

저 자 박성선
발행인 박지연
발행처 도서출판 도화
등 록 2013년 11월 19일 제2013 - 000124호
주 소 서울시 송파구 중대로34길 9-3
전 화 02) 3012 - 1030
팩 스 02) 3012 - 1031
전자우편 dohwa1030@daum.net
인 쇄 (주)현문

ISBN | 979-11-86644-88-1 *03810
정가 13,000원

도화道化, fool는

고정적인 질서에 대한 익살맞은 비판자,
고정화된 사고의 틀을 해체한다는 뜻입니다.